日本語能力檢定系列

4 級檢定

文法、表現 突破

系統化日語學習的魔法書

【初級文法常備參考書】

李宜蓉 編著

鴻儒堂出版社

前言

本書是針對加強四級日語能力檢定「讀解・文法」部分所編寫的考試用書，且為 2005 年 8 月出版「日本語能力檢定系列－四級檢定－文字•語彙」一書之姊妹書。日語能力檢定考試內容共分三個部分：一、「文字・語彙」；二、「聽解」；三、「讀解・文法」。本書主要為「文法」部分之用書。其中「讀解・文法」的檢定內容主要包含：1. 助詞的選擇、2. 由問題選擇適當的表現句型、3. 會話式的答句選擇、4. 短文。所以參加測試者除了要記住單字、會話的意思外，一定要能夠熟悉文法及句型表現的用法，才能確實掌握「讀解・文法」獲得高分。

本書的特色在於：參考日本國際交流基金及日本國際教育協會所合著「日本語能力試験出題基準」與歷年的日本語能力測驗 4 級考古題等文獻，融入筆者十餘年的教學經驗，以簡明的解說方式加以編寫。筆者在編寫本書過程中，並曾多次調查詢問學習日文的學生們意見，故本書的編排係為使用者的需求而設計，期能藉由清晰的內容架構與簡明的解說方式來提高閱讀時的學習效果。

另外，日語的初、中、高級文法都是環環相扣、息息相關，所以想學好日文的學習者應從初級開始循序漸進、按步就班地打好日語文法的基礎。本書除作為四級日語能力檢定的考試用書外，也適合作為初級學習者奠定初級日語文法與句型概念的常備參考書，筆者謹予誠心推薦。

值此出版前夕，特再感謝鴻儒堂的支持與鼓勵，讓本書得以付梓。此外，筆者從事日語教育多年，此系列書籍內容雖勉力為之，惟學力有限，若有疏漏，尚祈讀者先進不吝指正，俾再作補充與改進。

2005 年 8 月

李 宜 蓉

本書的章節與特色

一、疑問詞／指示語／助詞篇

－**將各詞類分項歸納整理**，並於篇末設計一份清晰的**「疑問詞／指示語／助詞篇－用法用例簡易整理表」**，提供學習者有效的複習工具。

二、文法基礎篇

－將**必備的文法內容**分為**「九大主題」**，除於篇末設計一份清晰的**「文法基礎篇－用法用例簡易整理表」**作為複習的有效工具外，還特別編寫**「四級檢定動詞的常體－自我測試」**以加強動詞常體練習。

三、表現篇

－分 27 項說明**句型意義、用法及用例說明**，並有句型結構形成的簡明解說。讓學習者進行系統化的了解與記憶。篇末設計一份清晰的**「表現篇－用法用例簡易整理表」**，提供學習者有效的複習工具。

四、挑戰篇－仿照四級檢定出題模式，藉**模擬測驗**以熟悉考試方式。

五、解答篇－「挑戰篇」與「四級檢定動詞的常體－自我測試」之解答。

目次

前言

本書的章節與特色

－疑問詞／指示語／助詞篇－

一、疑問詞

二、指示語

三、助詞

－文法基礎篇－

－表現篇－

－挑戰篇－

－解答篇－

4 級檢定－文法・表現

－文法・疑問詞／指示語／助詞篇－

學習建議： 本疑問詞／指示語／助詞篇主要以四級檢定範圍的用法為解釋重點，本篇將此三種詞以表格編排。並將用法以歸納方式統整排列，且附例句以讓學習者實際了解、活用。**充電站**為重點說明。篇末還附**「用法用例簡易整理表」**藉以幫助學習者做整體概念的複習。但是**此整理表僅為簡易表示**，所以建議學習者依「了解用法⇨參考例句⇨各項用法記憶一個例句」的順序，做紮實且系統的學習。

一、疑問詞

疑問詞	說明與用例
1 何(なに)；何(なん)	什麼。　※“何”－此漢字會因後面所接的助詞而改變讀音。 (1)　何(なに)を ・スーパーで　何(なに)を　買(か)いましたか。 （在超級市場買了什麼？） (2)　何(なに)も ・今朝(けさ)　何(なに)も　食(た)べませんでした。 （今天早上什麼都沒吃。） (3)　何(なん)で ・失礼(しつれい)ですが、お名前(なまえ)は　何(なん)ですか。 （冒昧請問一下，貴姓呢？） (4)　何(なん)と ・中国語(ちゅうごくご)の「再見」は　日本語(にほんご)で　何(なん)と言(い)いますか。 （中文的「再見」用日文怎麼說？） (5)　何(なに)か ・何(なに)か　用事(ようじ)が　ありますか。 （有沒有什麼事呢？）
2 誰(だれ) どなた	誰；哪一位。 (1)　誰(だれ) ・誰(だれ)に　プレゼントを　あげますか。 （要送誰禮物呢？） (2)　どなた（“誰(だれ)”的禮貌用法） ・どなたが　田中先生(たなかせんせい)ですか。 （哪一位是田中老師？） ・橋本(はしもと)さんは　どなたですか。 （橋本先生是哪一位呢？）

疑問詞	說明與用例
3 **いくつ**	(1)　幾個 ・りんごが　いくつ　ありますか。 （蘋果有幾顆呢？） ・机(つくえ)は　いくつ　買(か)いましたか。 （買了幾張桌子？） (2) 幾歲（“何歳(なんさい)”的禮貌用法） ・ 山下(やました)さんは　今年(ことし)　（お）いくつですか。 （山下小姐今年幾歲？）
4 **いくら**	幾塊錢；多少錢。 ・この辞書(じしょ)は　いくらですか。 （這本字典多少錢？） ・ 車(くるま)の 修理(しゅうり)は　いくら　かかりますか。 （修理車子需要多少錢？）
5　**どれ**	意思：哪一個。　※用於三者或三者以上的選擇時。 ex：(眼前有紅、白、黃色等三把傘) ・A：山本(やまもと)さんの傘(かさ)は　どれですか。 （哪一把是山本小姐的傘呢？） B：あの黄色(きいろ)いのです。 （是那把黃色的。） ・A：果物(くだもの)（の中(なか)）で　どれが　一番(いちばん)　好(す)きですか。 （水果中最喜歡什麼呢？） B：パイナップルが　一番(いちばん)　好(す)きです。 （最喜歡鳳梨。）

疑問詞	說明與用例
6 どの	意思：哪一個～。　※後接名詞。ex：どの本（哪一本書） ・A：高木さんは　どの人ですか。 （高木先生是哪一個人？） B：あのめがねの人です。 （是那一位戴眼鏡的人。） ・A：どの料理が　おいしいですか。 （哪一道料理好吃呢？） B：その辛いのが　おいしいです。 （那道辣的好吃。）
7 いつ	什麼時候。 ・A：期末試験は　いつですか。 （期末考是什麼時候？） B：来月の五日です。 （下個月的五號。） ・A：お母さんの誕生日は　いつですか。 （您母親的生日是什麼時候？） B：三月二十日です。 （三月二十號。） ・A：山田先生は　いつ　結婚しましたか。 （山田老師什麼時候結婚的？） B：おとといの十二月に　結婚しました。 （前年的十二月。）

疑問詞	說明與用例
8 **どこ**	哪裡；哪兒。 ・A：すみません、トイレは　どこですか。 （請問一下，廁所在哪裡？） B：トイレですか。あそこです。 （廁所是嗎？在那裡。） ・A：山田(やまだ)さんは　どこに　住(す)んで　いますか。 （山田小姐住在哪裡呢？） B：大阪(おおさか)に　住(す)んで　います。 （住在大阪。） ・A：私(わたし)のかばんは　どこに　ありますか。 （我的皮包在哪兒呢？） B：椅子(いす)の上(うえ)ですよ。 （在椅子上哦。）
9 **どちら**	(1)　哪裡。是“どこ”的禮貌用法。 ・A：すみません、トイレは　どちらですか。 （請問一下，廁所在哪裡？） B：トイレは　あちらです。 （廁所在那裡。） ・A：田中先生(たなかせんせい)は　どちらへ　行(い)きますか。 （田中老師要去哪裡呢？） B：郵便局(ゆうびんきょく)へ　行(い)きます。 （去郵局。） (2)　意思：哪一邊。表方向。（四級範圍） ・A：東(ひがし)は　どちらですか。 （東邊是哪一邊呢？） B：こちらですよ。（是這一邊哦。）

疑問詞	說明與用例
10 何(なに)か 誰(だれ)か どこかへ	※“か”表不確定的語氣。 (1)　何(なに)か：什麼 ・昨日(きのう)　デパートで　何(なに)か　買(か)いましたか。 （昨天在百貨公司有沒有買什麼東西？） ・おなかが　すきましたよ。何(なに)か　食(た)べたいですね。 （肚子好餓啊。好想吃點什麼的哦。） (2)　誰(だれ)か：誰 ・部屋(へや)に　誰(だれ)か　いますか。 （房間裡有沒有人呢？） ・さっき　誰(だれ)か　来(き)ましたか。 （剛剛有誰來過嗎？） (3)　どこか：哪裡 ・今日(きょう)　どこか（へ）　行(い)きたいですね。 （今天想去哪兒走走耶。）
11 何(なに)も 誰(だれ)も どこも	※後接否定「～ない；～ません」。 (1)　何も～ません。：什麼都不～ ・今朝(けさ)は　何(なに)も　食(た)べたくないです。 （今天早上什麼都不想吃。） ・冷蔵庫(れいぞうこ)に　何(なに)も　ありません。 （冰箱裡什麼都沒有。） (2)　だれも～ません。：誰都不～ ・あした　誰(だれ)も　来(き)ません。 （明天都沒人要來。） (3)　どこも～ません。：那兒都不～。 ・先週(せんしゅう)の日曜日(にちようび)　どこ（へ）も　行(い)きませんでした。 （上個禮拜天，那兒都沒去。）

二、指示詞

指示詞	說明與用例
1　これ それ あれ どれ	(1)　これ：“這”。當東西是在說話者手上或接近說話者身邊時。 それ：“那”。當東西是在聽話者手上或接近聽話者身邊時。 ex：A－說話者　B－聽話者 ①當 A 手中拿著照相機，A 問 B A：これは　何(なん)ですか。(這是什麼？) B：それは　カメラです。(那是照相機。) ②當 B 手中拿著記事本，A 問 B A：それは　何(なん)ですか。(那是什麼？) B：これは　手帳(てちょう)です。(這是記事本。) (2)　あれ：“那”。當東西既不在聽話者或聽話者手上或身邊時。 ex：A－說話者　B－聽話者　　C－第三人，手中拿著書。 當 A 問 B，C 手上的東西時 A：あれは　何(なん)ですか。(那是什麼？) B：あれは　本(ほん)です。(那是書。) (3)　どれ：“哪一個”用於問三者與三者以上的東西時。 ex：請參考本書 p3 疑問詞 5「どれ」。
2　この その あの どの	「この：這個～。その：那個～。あの：那個～。どの：「哪個～」等後面必須連接名詞後才可使用。用法與前項「これ」等相同。 ・A：その辞書(じしょ)は　いいですか。(那本字典好嗎？) B：はい、この辞書(じしょ)は　いいですよ。(這本字典不錯哦。) ・杉本(すぎもと)さんは　どの人(ひと)ですか。 (杉本小姐是哪一個人？) あの黄色(きいろ)いセーターを　着(き)て　いる人(ひと)です。 (那個穿著黃色毛衣的人。)

指示詞	說明與用例
3　ここ そこ あそこ どこ	(1)　ここ：“這裡”。 當地點是接近說話者或說話者所在的位置時或指與聽話者共同存在的空間。 ・ここは　日本語(にほんご)の教室(きょうしつ)です。…共同存在的空間 （這裡是日語教室。） (2)　そこ：“那裡”。 當地點是聽話者所在的或接近聽話者的位置時。 A：あのう、新聞(しんぶん)は　どこですか。 （嗯，報紙在哪裡呢？） B：そこですよ。（B 指著 A 的方向說） （在那邊啊。） (3)　あそこ：“那裡”。 當地點皆不接近說話者與聽話者所在的位置時。 (4)　どこ　：“哪裡”。 A：醤油(しょうゆ)は　どこに　ありますか。（醬油在哪裡呢？） B：（B 指著 A 與 B 以外的地點說）あそこですよ。（在那邊啊。）
4　こちら そちら あちら どちら	(1)　意思：由上而下－“這裡”、“那裡”、“那裡”、“哪裡”。 分別為「ここ、そこ、あそこ、どこ」的禮貌形。 ・こちらは　先生(せんせい)の事務室(じむしつ)です。 （這裡是老師的辦公室。） (2)　意思：由上而下－“這邊”、“那邊”、“那邊”、“哪邊”。 表方向。 ・A：どちらが　南(みなみ)ですか。　（哪一邊是南邊呢？） B：こちらですよ。（是這一邊哦。） ・A：新宿駅(しんじゅくえき)は　どちらですか。　（新宿車站往哪一邊呢？） B：こちらです。（是這一邊。）

指示詞	說明與用例
5 こっち そっち あっち どっち	(1)　由上而下意思與「こちら、そちら、あちら、どちら」相同，且分別為「こちら、そちら、あちら、どちら」的常體用法。 ・駅(えき)は　こっちだよ。 （車站在這裡哦。） ・香織(かおり)ちゃんは　どっちが　好(す)き？ （香織你喜歡哪一個？） (2)　由上而下意思分別為「這邊、那邊、那邊、哪邊」。表方向。各是「こちら、そちら、あちら、どちら」的常體用法。 ・西(にし)は　どっち？ （西邊是哪一邊呢？） ※此說法常體形，所以不適合對長輩或社會地位比自己高的人使用。

＊學習者心得筆記欄＊

三、助詞

1 は

文法說明與用例

(1)　提示主詞。

・わたしは　中国人（ちゅうごくじん）です。

（我是中國人。）

・チューリップは　きれいです。

（鬱金香很漂亮。）

(2)　把目的語作為關心的話題，把目的語後的「を」代替成「は」，並將目的語移至句子的開頭。

・写真（しゃしん）は　庭（にわ）で　撮（と）って　ください。　※目的語：写真（しゃしん）

（拍照請在庭院拍。）

※　一般的句子：庭（にわ）で　写真（しゃしん）**を**　撮（と）って　ください。

(3)　與否定一起使用，含有對比、強調的語氣。

・私（わたし）は　お金（かね）は　ありません。

（我沒有錢。）

※ 一般的句子：私（わたし）は　お金（かね）**が**　ありません。（我沒有錢。）

(4)　對比作用。主詞為同一事物或人。

・田中（たなか）さんは　ピアノは　できますが、ギターは　できません。

（田中小姐會鋼琴，但是不會小提琴。）

※「會ピアノ」與「不會ギター」的對比。

※ 一般的句子：ピアノ**が**　できます。

・象（ぞう）は　体（からだ）は　大（おお）きいですが、目（め）は　小（ちい）さいです。

（大象身體大，但是眼睛小。）

※「体（からだ）」與「目（め）」的對比。

※ 一般的句子：象（ぞう）は　体（からだ）**が**　大（おお）きいです。

象（ぞう）は　目（め）**が**　小（ちい）さいです。

	文法說明與用例
	(5)　強調的語氣。 ・椅子の上には　猫が　います。 （椅子上有貓。） 　　※ 一般的句子：椅子の上**に**　猫が　います。 ・日曜日は　友達と　出かけます。 （星期天要和朋友出去。） 　　※ 一般的句子：日曜日　友達と　出かけます。
2 	(1)　相當於中文「也」的意思。 ・この手紙も　お願いします。 （這封信也麻煩一下。） (2)　使用於完全否定的句型。意思「～都不～；～都沒～」 ・事務所に　誰も　いません。 （辦公室裡誰也沒有。） (3)　用於超乎一般平常的狀況。 ・この店のコーヒーは　いっぱい　600円も　しますよ。 （這家店的咖啡一杯竟要600日圓。） 　　※ 一般的句子：この店のコーヒーは　いっぱい　350円　します。 ・バスを　もう　30分も　待ちましたよ。全然　来ませんね。 （公車都已經等了三十分鐘了。完全沒來耶。） 　　※ 一般的句子爲：バスは　10分　待ちました。 　　　　　　（公車等了十分鐘。） (4)　「AもBも」相當中文「A也B也～」「A和B都～」的意思。 ・ここに　りんごも　みかんも　あります。 （這裡蘋果和橘子。） ・子供は　男の子も　女の子も　います。 （小孩男孩與女孩都有。）

3 か

文法說明與用例

(1)　疑問的語尾助詞。

・これは　鉛筆ですか、ボールペンですか。

（這是鉛筆還是原子筆呢？）

(2)　用於表不確定的語氣。

・喉が　渇きました。何か　飲みたいですね。

（好渴，好想喝點什麼。）

・山田さんは　あした　来るか来ないか　わかりません。

（山田先生明天要來或不來，不清楚。）

4 を

文法說明與用例

(1)　表示動作的對象或目的物（他動詞的直接目的物）。

・コーヒーを　飲みます。（要喝咖啡。）

・写真を　撮ります。（要拍照。）

(2)　表示動作移動的場所或經過的地方

（動詞用「歩く、渡る、飛ぶ」等自動詞。）

・このバスは　郵便局前の道を　通ります。

（這班公車會經過郵局前的道路。）

・毎晩　公園を　散歩して　います。

（每晚在公園散步。）

・小鳥は　空を　飛んで　います。

（小鳥在天空飛。）

(3)　表示動作的起點（動詞用「出る、卒業する、出発する」…等。）

・電車は　東京を　出発します。

（電車從東京出發。）

・二年前に　大学を　卒業しました。

（兩年前從大學畢業了。）

5

文法說明與用例

(1)　表行為、動作的主體。

・春(はる)が　来(き)ました。

（春天來了。）

・今晩(こんばん)　友達(ともだち)が　家(いえ)に/へ　来(き)ます。

（今晚朋友要來我家。）

(2)　表性質、狀態的主體。

・このケーキは　色(いろ)が　きれいです。

（這塊蛋糕顏色很漂亮。）

・象(ぞう)は　鼻(はな)が　長(なが)いです。

（大象的鼻子長。）

(3)　表示好惡、能否、希望、(能力的）好與差等的對象。

・母(はは)は　イタリア料理(りょうり)が　好(す)きです。

（我的媽媽喜歡義大利料理。）

・私(わたし)は　新(あたら)しい車(くるま)が　ほしいです。

（我想要新車。）

(4)　連接相反或對比的兩個句子。意思「但是、然而」

・私(わたし)は　平仮名(ひらがな)は　できますが、カタカナは　できません。

（我會平假名，但是不會片假名。）

・このテレビは　いいですが、高(たか)いです。

（這部電視機不錯，但是太貴了。）

6 と

文法說明與用例

(1)　表名詞的並列接續。意思「和、與」。

・かばんの中(なか)に　手帳(てちょう)と　ペンだけが　あります。

（在皮包裡只有記事本和筆。）

・朝(あさ)ご飯(はん)は　卵(たまご)と　野菜(やさい)を　食(た)べます。

（早餐吃蛋和蔬菜。）

(2)　表一起参與動作的對象。意思「和、與」。

・昨日(きのう)　姉(あね)と　デパートへ　行(い)きました。

（昨天和姐姐去百貨公司。）

・おととい　弟(おとうと)と　けんかを　しました。

（前天與弟弟吵架了。）

7 だけ

文法說明與用例

只有

・私(わたし)は　今(いま)　1000円(えん)だけ（を）　もって　います。

（我現在只有 1000 日圓。）

・きのうの晩(ばん)　野菜(やさい)だけ（を）　食(た)べました。

（昨晩只吃了青菜。）

8 しか

文法說明與用例

只有。　　　※後接否定形－ しか～ない；しか～ません。

・私(わたし)は　今(いま)　1000円(えん)しか　もって　いません。

（我現在只有 1000 日圓。）

・きのうの晩(ばん)　野菜(やさい)しか　食(た)べませんでした。。

（昨晩只吃了青菜。）

9

文法說明與用例

(1)　表動作發生的場所。意思「在」。

・毎朝　公園で　テニスを　して　います。

（毎天早上都在公園打網球。）

(2)　表利用的方法、手段。意思「用」。

・ナイフと　フォークで　ステーキを　食べます。

（用刀和叉子吃牛排。）

・日本語で　会話を　練習して　ください。

（請用日文練習會話。）

(3)　表理由。意思「因為」。

・地震で、エレベーターが　止まって　います。

（因爲地震，所以電梯停了。）

・風邪で、喉が　痛いです。

（因爲感冒了，所以喉嚨會痛。）

(4)　表範圍的限定。

・このりんごは　三つで　五百円です。

（這種蘋果三顆五百元。）

10 ぐらい

文法說明與用例

大約、大致

・A：　あしたのパーティーは　何人　来ますか。

（明天的宴會大約幾個人要來呢？）

B：　30人ぐらい　来ます。

（大約 30 個人來。）

・A:　東京から　新大阪まで　新幹線で　二時間半ぐらい　かかります。

（從東京到新大阪搭新幹線需要兩個半小時。）

11

文法說明與用例

(1)　【名詞＋の＋名詞】所有格用法。意思「的」。

・これは　会社(かいしゃ)の　カメラです。

（這是公司的照相機。）

・あれは　鈴木(すずき)さんの　かばんです。

（那是鈴木小姐的皮包。）

(2)　【名詞＋の】是為【名詞＋の＋名詞】的省略形。

・これは　会社(かいしゃ)のです。

（這是公司的。）

(3)　名詞的代用。

・すみません。このりんご、大(おお)きいのは　一(ひと)つ　いくらですか。

（請問一下，這種蘋果大的一顆多少錢。）

※“の”＝りんご

・清水(しみず)さんは　料理(りょうり)が　上手(じょうず)ですね。一番(いちばん)　得意(とくい)なのは　何(なん)ですか。

（清水先生菜做的很好耶。最拿手的是什麼呢？）

※“の”＝料理

(4)　連體修飾節中“が”　的代換。說明請參考本書 p33

・雨(あめ)が　降(ふ)る＋日(ひ)　⇒　雨(あめ)の降(ふ)る日(ひ)　（下雨天。）

・友達(ともだち)が　作(つく)った＋ケーキ

⇒友達(ともだち)の　作(つく)ったケーキ。

（朋友做的蛋糕。）

12 から

文法說明與用例

(1)　表原因、理由。意思「因為」。

・来年(らいねん)　日本(にほん)へ　行(い)きますから、日本語(にほんご)を　勉強(べんきょう)して　います。

（因為明年要去日本，所以在讀日文。）

・頭(あたま)が　痛(いた)いですから、勉強(べんきょう)は　できません。

（因為頭疼，所以沒辦法讀書。）

(2)　表時間及動作的起點、連續、順序。意思「從」。

・きのうのばんから　歯(は)が　痛(いた)いです。

（從昨晚開始牙齒就很痛。）

・学生(がくせい)の時(とき)から　ピアノを　教(おし)えて　います。

（從學生的時候就開始教授鋼琴了。）

(3)　事物的出處或授與者。

意思「從（某人）那兒得到～；從（某人）那兒收到～」。

・私(わたし)は　吉本(よしもと)さんから　日本(にほん)のお菓子(かし)を　もらいました。

（我從吉本小姐那兒收到了日本的糕點。）

・さっき　斉藤(さいとう)さんから　電話(でんわ)が　ありました。

（剛剛齊藤先生打電話來。）

13 まで

文法說明與用例

表時間及動作的界限。意思「到、為止」。

・あした　九時(くじ)から　十一時(じゅういちじ)まで　家(いえ)を　掃除(そうじ)します。

（明天從九點到十一點要打掃房子。）

・駅(えき)まで　歩(ある)いて　行(い)きます。

（走路到車站。）

・あした　空港(くうこう)まで　迎(むか)えに　行(い)きます。

（我明天會到機場接你。）

14 に

文法說明與用例

(1)　表動作、行為發生的時間。意思「在（某時）」。

・A：毎日　何時に　ピアノを　練習しますか。

（每天都幾點練習鋼琴？）

B：朝　九時に　練習します。

（早上九點練習。）

・A：あしたの試験は　何時に　始まりますか。

（明天的考試幾點開始呢？）

B：午後の二時に　始まります。

（下午兩點開始。）

(2)　表存在的空間。意思「在（某處）」。

・A：斉藤さんは　どこに　いますか。

（齊藤先生在那兒？）

B：会議室に　います。

（在會議室。）

・A：果物は　どこに　置きますか。

（水果要放在那兒？）

B：冷蔵庫に　置いて　ください。

（請放在冰箱裡。）

(3)　表動作發生的頻率。

・A：毎年　旅行しますか。

（每年都旅行嗎？）

B：はい。一年に　三回ぐらい　旅行します。

（是的，一年旅行大約三次。）

・A：木村さんの会社は　よく　会議を　しますか。

（木村小姐的公司常常開會嗎？）

B：そうですね。一か月に　二回です。

（嗯，一個月兩次。）

15

や

文法說明與用例

表列舉。意思「A 啦 B 啦…等」，後可接“など”。

・かばんの中(なか)に　手帳(てちょう)や　ボールペン（など）が　あります。

（皮包裡有記事本、原子筆…等。）

・冷蔵庫(れいぞうこ)に　肉(にく)や　魚(さかな)や　果物(くだもの)などが　あります。

（在冰箱裡有肉啦、魚啦、水果…等。）

16

など

文法說明與用例

表列舉。意思「…等」。

・私(わたし)は　ケーキなどが　好(す)きです。

（我喜歡蛋糕之類的東西。）

17

文法說明與用例

表動作的方向、目的地。意思「往～、朝～」

・どうぞ　こちらへ。或・こちらへ　どうぞ。

（請往這邊。）

・木村(きむら)さんは　来月(らいげつ)　ハワイへ　行(い)きます。

（木村先生下個月要去夏威夷。）

18

ころ

文法說明與用例

大約（時點）。表示時間的點。※「名詞＋ころ」的時候，“ころ”就會唸做“ごろ”。

・橋本(はしもと)さんは　午後(ごご)　三時(さんじ)ごろ　来(き)ます。

（橋本小姐大約下午三點左右要來。）

疑問詞／指示語／助詞－用法用例簡易整理表

◎疑問詞

疑問詞	用法	用例
1 何（なに）	什麼。 ※“何”－此漢字會因後面所接的助詞而改變讀音。 (1)　何（なに）を (2)　何（なに）も (3)　何（なん）と (4)　何（なん）で (5)　何（なに）か	・何（なに）を　習（なら）いましたか。（學了什麼？） ・何（なに）も　いりません。（什麼都不需要。） ・お名前（なまえ）は　何（なん）と　読（よ）みますか。（您的名字怎麼唸？） ・何（なん）で　修理（しゅうり）しますか。（用什麼修理？） ・何（なに）か　買（か）いますか。（有沒有要買什麼呢？）
2 誰（だれ） どなた	誰；哪一位。 (1)　誰（だれ） (2)　どなた （“誰（だれ）”的禮貌用法）	・あの人（ひと）は　誰（だれ）ですか。（那個人是誰？） ・森（もり）さんは　どなたですか。（森先生是哪一位呢？）
3 いくつ	(1)　幾個 (2)　幾歲 （“何歳（なんさい）”的禮貌用法）	・みかんが　いくつ　ありますか。（蘋果有幾顆呢？） ・田中（たなか）さんは　（お）いくつですか。（田中小姐幾歲呢？）
4 いくら	幾塊錢：多少錢。	・A：ラーメンは　いくらですか。（拉麵多少錢？） B：八百円（はっぴゃくえん）です。（八百日圓。）
5 どれ	意思：哪一個。 ※三者或三者以上的選擇時。	・A：どれが　いいですか。（哪一個好呢？） B：あの白（しろ）いのです。（是那個白色的。）
6 どの	意思：哪一個～。 ※後接名詞。	・A：どの時計（とけい）が　好（す）きですか。　（喜歡哪一個錶？） B：その赤（あか）いのです。（那一個紅色的。）

疑問詞	用法	用例
7 いつ	什麼時候。	・A：誕生日(たんじょうび)は　いつですか。（生日是什麼時候？） B：七月二日(しちがつふつか)です。（七月二號。）
8 どこ	哪裡；哪兒。	・A：トイレは　どこですか。（廁所在哪裡？） B：あそこです。（在那裡。）
9 どちら	(1)　哪裡。“どこ”的禮貌用法。 (2)　哪一邊。表方向。	・A：トイレは　どちらですか。（廁所在哪裡？） B：あちらです。（在那裡。） ・こちらは　東(ひがし)ですか。（這一邊是東邊。）
10 何(なに)か 誰(だれ)か どこか へ	**※“　”表不確定的語氣。** (1)　何(なに)か：什麼 (2)　誰(だれ)か：誰 (3)　どこか：哪裡	・スーパーで　何(なに)か　買(か)いましたか。 （在超市有沒有買什麼東西？） ・廊下(ろうか)に　誰(だれ)か　いますか。 （在走廊有沒有人呢？） ・どこか（へ）　行(い)きたいですか。 （有沒有想去哪裡呢？）
11 何(なに)も 誰(だれ)も どこも	**※後接否定** 「～ない；～ません」。 (1)　何も～ません：什麼都不～ (2)　だれも～ません：誰都不～ (3)　どこも～ません：那兒都不～	・箱(はこ)の中(なか)に　何(なに)も　ありません。 （盒子裡什麼都沒有。） ・きのう　誰(だれ)も　来(き)ませんでした。 （昨天都沒人來。） ・どこ（へ）も　行(い)きたくないです。 （那兒都不想去。）

◎指示語

指示語	用法	用例
1 これ それ あれ どれ	(1)　これ：這 (2)　それ：那 (3)　あれ：那 (4)　どれ：哪一個	①A：これは　何(なん)ですか。(這是什麼？) B：それは　写真(しゃしん)です。(那是相片。) ②A：あれは　何(なん)ですか。(那是什麼？) B：あれは　本棚(ほんだな)です。(那是書架。) ③どれが　本(ほん)ですか。(哪一個是書。)
2 この その あの どの	この：這個～。その：那個～。あの：那個～。どの：哪個～。後面連接名詞後才可使用。	・A：あの店(みせ)の料理(りょうり)は　おいしいですか。 (那家店的料理好吃嗎？) B：そうですね。おいしいですね。(嗯，好吃哦。)
3 ここ そこ あそこ どこ	(1)　ここ："這裡"。 (2)　そこ："那裡"。 (3)　あそこ："那裡"。 (4)　どこ　："哪裡"。	・ここは　教室(きょうしつ)です。(這裡是教室。) ・電話(でんわ)は　そこです。(電話在那邊。) ・A：醤油(しょうゆ)は　どこに　ありますか。(醬油在哪裡呢？) B：あそこですよ。(在那邊啊。)
4 こちら そちら あちら どちら	(1)　分別為「ここ、そこ、あそこ、どこ」的禮貌形。 (2)　表方向。 「這邊　、那邊、那邊、哪邊」	・こちらは　先生(せんせい)の部屋(へや)です。 (這裡是老師的辦公室。) ・A：新宿駅(しんじゅくえき)は　どちらですか。(新宿車站是哪一邊呢？) B：こちらですよ。(是這一邊哦。)
5 こっち そっち あっち どっち	爲上項4的常體。用法意思與上相同。 ※此為常體，不適合對長輩或社會地位比自己高的人使用。	・席(せき)は　こっちだよ。 (座位在這裡哦。) ・どっちが　南(みなみ)？ (哪一邊是南邊？)

◎助詞

助詞	用法	用例
1 は	(1) 提示主詞。	・わたしは　医者です。(我是醫生。)
	(2) 把目的語作為關心的話題，目的語後的「を」代替成「は」，並將目的語移至句子的開頭。	・たばこは　吸わないで　ください。(請不要抽菸。)
	(3) 與否定一起使用。	・私は　お金は　ありません。(我沒有錢。)
	(4) 對比作用。	・ピアノは　できますが、ギターは　できません。(會鋼琴，但是不會小提琴。)
	(5) 強調的語氣。	・庭には　猫が　います。(院子裡有貓。)
2 も	(1) 意思：也。	・私も　学生です。(我也是學生。)
	(2) 使用於完全否定的句型。	・どこも　行きませんよ。(哪裡也不去哦。)
	(3) 用於超乎一般平常的狀況。	・あの子は　ご飯を　一回で　三杯も　食べますよ。(那小孩白飯一次要吃三碗哦。)
	(4) 「AもBも」:「A也B也～」「A和B都～」。	・りんごも　みかんも　あります。(蘋果和橘子都有。)
3 か	(1) 疑問的語尾助詞。	・これは　ボールペンですか。(這是原子筆嗎？)
	(2) 表不確定的語氣。	・誰か　来ましたよ。(好像有人來了。)
4 を	(1) 表動作的對象或目的物	・コーヒーを　飲みます。　※目的語：コーヒー (要喝咖啡。)
	(2) 表移動或經過的地方	・このバスは　学校の前を　通ります。(這班公車會經過學校前。)
	(3) 表動作的起點	・大学を　卒業しました。(從大學畢業。)

助詞	用法	用例
5 が	(1)　表行為、動作的主體。 (2)　表性質、狀態的主體。 (3)　表示好惡、能否、希望、(能力的）好與差等的對象。 (4)　連接相反或對比的兩個句子。中文「但是、然而」	・友達(ともだち)が　来(き)ました。(朋友來了。) ・ジュースは　味(あじ)が　おかしいです。(果汁味道怪怪的。) ・母(はは)は　料理(りょうり)が　上手(じょうず)です。(媽媽很會做料理。) ・このカメラは　いいですが、高(たか)いです。 (這部照相機不錯，但是太貴了。)
6 と	(1)　表名詞的並列接續。"和"、"與"。 (2)　表一起參與動作的對象。"和"、"與"。	・かばんの中(なか)に　ペンだけが　あります。 (在皮包裡只有筆。) ・昨日(きのう)　弟(おとうと)　と　デパートへ　行(い)きました。 （昨天和弟弟去百貨公司。）
7 だけ	只有	・今(いま)　100円(えん)だけ（を）　もって　います。 (現在只有100日圓。)
8 しか	只有　**※後接否定形－しか～ない。**	・今(いま)　100円(えん)しか　もって　いません。 (現在只有100日圓。)
9 で	(1)　表動作發生的場所。 (2)　表利用的方法、手段。 (3)　表理由。 (4)　表範圍的限定。	・公園(こうえん)で　テニスを　します。(在公園打網球。) ・日本語(にほんご)で　練習(れんしゅう)して　ください。(請用日文練習。) ・病気(びょうき)で　休(やす)みました。(因爲生病所以請假。) ・このみかんは　三(みっ)つで　五百円(ごひゃくえん)です。 (這種橘子三顆五百元。)

助詞	用法	用例
10 ぐらい	大約、大致	・パーティーは　30人ぐらい　来ます。 （宴會大約幾個人要來。）
11 の	(1)　【名詞＋の＋名詞】所有格用法。"的" (2)　【名詞＋の】是為【名詞＋の＋名詞】的省略形。 (3)　名詞的代用。 (4)　連體修飾節中" "的代換。	・鈴木さんの　カメラです。（鈴木小姐的照相機。） ・このりんご、大きいのは　一つ　いくらですか。 （這種蘋果大的一顆多少錢。） ・歌が　上手ですね。一番　得意なのは　何　ですか。 （歌唱的很好耶。最拿手的是什麼呢？） ・雨の降る日　（下雨的日子。）
12 から	(1)　表原因、理由。"因為" (2)　表時間及動作的起點。"從" (3)　事物的出處或授與者。"從（某人）那兒得到～：從（某人）那兒收到～"。	・日本へ　行きますから、日本語を　勉強します。 （因爲要去日本，所以要讀日文。） ・ゆうべから　歯が　痛いです。 （從昨晚開始牙齒就很痛。） ・吉本さんから　お菓子を　もらいました。 （從吉本小姐那兒收到了糕點。）
13 まで	表時間及動作的界限。"到""為止"。	・駅まで　歩いて　行きます。 （走路到車站。）

助詞	用法	用例
14 に	(1) 表動作發生的時間。"在（某時）" (2) 表存在的空間。"在（某處）" (3) 表動作發生的頻率。	・朝(あさ)　九時(くじ)に　ピアノを　練習(れんしゅう)します。 （早上九點練習鋼琴。） ・斉藤(さいとう)さんは　会議室(かいぎしつ)に　います。 （齊藤先生在會議室。） ・一か月(げつ)に　二回(にかい)　会議(かいぎ)を　します。 （每個月開會兩次。）
15 や	表列舉，後可接"など"。 "A 啦 B 啦…等"	・冷蔵庫(れいぞうこ)に　野菜(やさい)や　果物(くだもの)などが　あります。 （在冰箱裡有蔬菜啦、水果…等。）
16 など	"…等"。	
17 へ	表動作的方向、目的地。 "往～"、"朝～"	・木村(きむら)さんは　来月(らいげつ)　イギリスへ　行(い)きます。 （木村先生下個月要去英國。）
18 ころ	大約（時點）。表示時間的點。※「名詞＋ころ」時，"ころ"就會唸做"ごろ"。	・飛行機(ひこうき)は　午後(ごご)　四時半(よじはん)ごろ　空港(くうこう)に　着(つ)きます。 （飛機大約下午四點半左右要到達。）

4 級檢定－文法・表現

－文法基礎篇－

學習建議： 本篇將四級檢定必備的文法項目分為**「九大主題」，**以表格方式編排。依序以「主題提示⇨說明⇨例句」統整排列，還附**「用法用例簡易整理表」**以幫助學習者做整體概念的複習。但是**此整理表僅為簡易表示**，所以建議學習者必須依「了解用法⇨參考例句⇨各項用法記憶一個例句」的順序，做紮實且系統的學習。

主題 1　名詞、形容詞、動詞>>>>>現在形＆過去形（肯定・否定）

【名詞】 例： 雪（ゆき）　（雪；下雪）

1-1	現在形			過去形	
	疑問	肯定	否定	肯定	否定
敬體	雪（ゆき）ですか。	雪（ゆき）です。	雪（ゆき）では　ありません。 （じゃ）	雪（ゆき）でした。	雪（ゆき）では　ありませんでした。 （じゃ）
常體	雪（ゆき）？	雪（ゆき）だ。 【原形】	雪（ゆき）では　ない。 （じゃ） 【ない形】	雪（ゆき）だった。 【た形】	雪（ゆき）では　なかった。 （じゃ） 【なかった形】

【な形容詞】 例： 有名（ゆうめい）（な）　（有名的）

1-2	現在形			過去形	
	疑問	肯定	否定	肯定	否定
敬體	有名（ゆうめい）ですか。	有名（ゆうめい）です。	有名（ゆうめい）では　ありません。 （じゃ）	有名（ゆうめい）でした。	有名（ゆうめい）では　ありませんでした （じゃ）
常體	有名（ゆうめい）？	有名（ゆうめい）だ。 【原形】	有名（ゆうめい）では　ない。 （じゃ） 【ない形】	有名（ゆうめい）だった。 【た形】	有名（ゆうめい）では　なかった。 （じゃ） 【なかった形】

【い形容詞】 例： おいしい　（好吃的；可口的）

1-3	現在形			過去形	
	疑問	肯定	否定	肯定	否定
敬體	おいしいですか。	おいしいです。	おいしく　ありません。 おいしく　ない　です。	おいしかったです。	おいしく　ありませんでした。 おいしく　なかった　です。
常體	おいしい？	おいしい。 【原形】	おいしく　ない。 【ない形】	おいしかった。 【た形】	おいしくなかった。 【なかった形】

【動詞】 例： 働(はたら)く（他五；Ｉ）　（工作）

1-4	現在形			過去形	
	疑問	肯定	否定	肯定	否定
敬體	働(はたら)きますか。	働(はたら)きます。	働(はたら)きません。	働(はたら)きました。	働(はたら)きませんでした。
常體	働(はたら)く？	働(はたら)く。 【原形；辞書形】	働(はたら)かない。 【ない形】	働(はたら)いた。 【た形】	働(はたら)かなかった。 【なかった形】

※ 上列所表示的【原形；辞書形】、【ない形】、【た形】、【なかった形】等，將用在文法與句型的說明部分，學習者須熟悉這些稱呼法。

主題 2 名詞、形容詞、動詞＞＞＞連接名詞

2-1	**名詞＋の＋名詞**
說明	【名詞＋の＋名詞】是名詞接名詞的用法。“の”所有格用法，“的”的意思。
例句	◎母(はは)、指輪(ゆびわ) ・A：それは　何(なん)ですか。 （那是什麼？） B：これは　母(はは)の指輪(ゆびわ)です。 （這是我母親的戒指。） ◎日本(にほん)、お土産(みやげ) ・A：これは　どこのお土産(みやげ)ですか。 （這是哪裡的土產呢？） B：日本(にほん)の（お土産(みやげ)）です。 （是日本的。）

2-2	**【い形容詞】い＋名詞**
說明	形容詞用來修飾名詞時，直接連接名詞即可。
例句	◎ おもしろい＋人 ・A：田中(たなか)さんは　どんな人(ひと)ですか。 （田中先生是什麼的人？） B：田中(たなか)さんは　おもしろい人(ひと)です。 （田中先生是個有趣的人。） ◎辛(から)い＋もの ・A：辛(から)いものが　好(す)きですか。 （喜歡辣的東西嗎？） B：いいえ、辛(から)いものは　あまり　好(す)きじゃ　ありません。 （我不太喜歡辣的東西。）　**【あまり　～ません：不太～】**

2-3	【な形容詞】な＋名詞
說明	な形容詞用來修飾名詞時，**必須在形容詞後先加“な”之後**，才可接名詞。
例句	◎有名＋な＋人 ・昔　山田さんは　有名な人でした。 （從前山田先生是有名的人。） ◎元気＋な＋人 ・私は　元気な人が　好きです。 （我喜歡有朝氣的人。） ◎きれい＋な＋服 ・橋本さんは　きれいな服を　着て　います。 （橋本小姐穿著漂亮的衣服。）

2-4	【動詞常体形】＋名詞
說明	動詞要連接名詞時，**必須用動詞的「常體形」連接**。
例句	◎行く＋電車 ・あれは　東京へ　行く電車です。 （那是要去東京的電車。） ◎飲まない＋人 ・コーヒーを　飲まない人は　誰ですか。 （不喝咖啡的人是誰呢？） ◎ ダンスを　して　いる＋人 ・あのダンスを　して　いる人は　わたしの　妹　です。 （那個正在跳舞的人是我的妹妹。） ◎帽子を　かぶって　いる＋人 ・あの赤い帽子を　かぶって　いる人は　鈴木先生です。 （那個戴著紅帽子的人是鈴木老師。）

主題 3 包含疑問詞的句子

3-1	**～は＋疑問詞**
說明	「は」的前面放的是已知的訊息。
例句	・山田(やまだ)さんは　誰(だれ)ですか。(山田先生是誰？) ・林(はやし)さんの傘(かさ)は　どれですか。 (林小姐的雨傘是哪一把？)

3-2	**疑問詞＋が～**
說明	「が」的前面是未知的訊息。
例句	・誰(だれ)が　山田(やまだ)さんですか。 (誰是山田先生？) ・どれが　林(はやし)さんの傘(かさ)ですか。 (哪一把是林小姐的雨傘？)

主題 4　い形容詞、な形容詞＞＞＞連接動詞

4-1	**【い形容詞】～く＋動詞**
說明	將「い形容詞」的“い”改成“く”就具有副詞功用，可用來連接動詞。
例句	◎大きい⇒大きく ・大根(だいこん)は　大(おお)きく　切(き)って　ください。(蘿蔔請切大塊的。) ◎おいしい⇒おいしく ・料理(りょうり)は　おいしく　作(つく)ります。(料理要做的好吃。)

4-2	**【な形容詞】～に＋動詞**
說明	將「な形容詞」後面加“に”後就具有副詞功用，可用來連接動詞。
例句	◎きれい｜に ・きれいに　掃除(そうじ)しました。(打掃乾淨。) ◎親切＋に ・親切(しんせつ)に　教(おし)えて　くれました。(很親切地教導。)

主題 5　含有量詞的句子>>>用法

	名詞＋助詞＋【量詞】＋動詞
說明	※ 句子裡有量詞的出現時，【名詞＋助詞＋量詞＋動詞】為基本的排列方式。但有很多人會自然脫口就說「三(みっ)つを　買(か)いました」等，可要小心哦！如果是【量詞＋名詞＋助詞＋動詞】的說法則是屬於強調的語氣。ex：三回(さんかい)　CD を　聞(き)きました。(CD 聽了三遍了。)
例句	◎三(みっ)つ ・りんごを　三(みっ)つ　買(か)いました。 （買了三顆蘋果。） ◎二人(ふたり) ・庭(にわ)に　子供(こども)が　二人(ふたり)　います。 （在庭院有兩個小孩。） ◎一回(いっかい) ・私(わたし)は　田中(たなか)さんと　テニスを　一回(いっかい)　しました。 （我和田中先生打了一次網球。）

主題 6　"が" 與 "の" 的互換>>>用法

	雨が降る日⇒雨の降る日
說明	「雨(あめ)が　降(ふ)る日(ひ)」其中的 "降(ふ)る日(ひ)" 變成了「名詞」。而前面的 "雨(あめ)" 也是名詞，所以在此如果將 "が" 代換成 "の" 的話「雨(あめ)の降(ふ)る日(ひ)」，就是主題 2-1 所說明的【名詞＋の＋名詞】的用法。
例句	◎雨(あめ)が　降(ふ)る＋日(ひ) ・雨(あめ)の降(ふ)る日(ひ)は　家(いえ)を　出(で)たくないです。 （下雨的日子不想出門。） ◎ピアノが　できる＋人(ひと) ・ピアノの　できる人(ひと)は　手(て)を　挙(あ)げて　ください。 （會鋼琴的人請舉手。）

主題7　名詞、い形容詞、な形容詞、動詞＞＞＞句子的連接

7-1	【名詞】で、…
說明	"名詞＋で"的形式，可用來連接句子。
例句	(1)　表談話中頓 ・兄（あに）は　教師（きょうし）で、弟（おとうと）は　医者（いしゃ）です。 （哥哥是老師，而弟弟是醫生。） ・山田（やまだ）さんは　部長（ぶちょう）で、坂本（さかもと）さんは　課長（かちょう）です。 （山田先生是部長，坂本先生是課長。） (2)　表並列（主詞為同一人、物） ・高橋（たかはし）さんは　２１歳（にじゅういっさい）で、大学生（だいがくせい）です。 （高橋先生二十一歲，是大學生。） ・ジョンさんは　アメリカ人（じん）で、この会社（かいしゃ）の経営者（けいえいしゃ）です。 （約翰先生是美國人，是這家公司的經營者。） (3)　表原因 ・昨日（きのう）は　台風（たいふう）で、木（き）が　倒（たお）れました。 （昨天因爲有颱風，所以樹都倒了。） ・今朝（けさ）　朝寝坊（あさねぼう）で、遅（おく）れました。 （早上因爲睡過頭所以遲到了。）　　※朝寝坊（あさねぼう）：睡過頭

7-2	【な形容詞】で、…
說明	將「な形容詞」後面加"で"後，可用來連接句子。
例句	◎きれい ・山田（やまだ）さんは　きれいで、優（やさ）しいです。 （山田小姐既漂亮又體貼。） ◎便利 ・電車（でんしゃ）は　便利（べんり）で、速（はや）いです。 （電車又方便又快。）

7-3	【い形容詞】くて、…
說明	將「い形容詞」的“い”改成“くて”後，可用來連接句子。
例句	◎おいしい⇒おいしくて ・この店は　料理が　おいしくて、安いです。 （這家店料理好吃又便宜。） ◎遠い⇒遠くて ・このマンションは　駅から　遠くて、不便です。 （這公寓離車站遠不方便。）

7-4	【動詞】て、…
說明	將動詞改成“て形”後，可用來連接句子。
例句	◎食べます ・毎朝　朝ごはんを　食べて、学校へ　行きます。 （每天早上吃了早餐才去學校。） ◎読む、練習する ・午後　小説を読んで、ピアノを練習して、それから　家を出ました。 （下午看了小說、練習了鋼琴，之後就出門了。）

7—5	【動詞】ないで、…
說明	將動詞改成否定的“ない形”後＋“で”，可用來連接句子。
例句	◎食べません ・朝ごはんを　食べないで、学校へ　行きます。 （沒吃早餐就去學校。） ◎辞書を　調べませんでした ・きのう　辞書を　調べないで、宿題を　しました。 （昨天沒有查字典寫作業。）

主題 8　他動詞、自動詞＞＞＞用法

※※　　他動詞：人為性動作
　　　　自動詞：①主體本身會發生的動作　②表狀態、結果
※※　　他動詞、自動詞的相關用法請參考本系列【4 級檢定文字・語彙】p60~62

8-1	～を【他動詞】て　いる
說明	～を【他動詞】て　いる…現在進行式。:「正在～」
例句	◎飲(の)む（他五；I） ・今(いま)　コーヒーを　飲(の)んで　います。 （現在正在喝咖啡。） ◎読(よ)む（他五；I） ・今(いま)　雑誌(ざっし)を　読(よ)んで　いる人(ひと)は　橋本先生(はしもとせんせい)です。 （現在正在看雜誌的人就是橋本老師。） ◎浴(あ)びる（他一；II） ・今(いま)　シャワーを　浴(あ)びて　います。 （現在正在沖澡。）

8-2	～が【①自動詞】て　いる
說明	～が【①自動詞】て　いる…現在進行式。「正在～」
例句	◎泣(な)く（自五；I） ・今(いま)　子供(こども)が　泣(な)いて　います。 （現在小孩正在哭。） ◎飛ぶ（自五；I） ・今(いま)　鳥(とり)が　空(そら)を　飛(と)んで　います。 （現在小鳥正在天空飛翔。） ◎寝(ね)る（自一；II） ・静(しずか)ちゃんは　寝(ね)て　います。 （小靜正在睡覺。）

8-3	～が【他動詞】て　ある
說明	**～が【他動詞】て　ある** …這個句型表示的是人為性動作後（ex：某人關上門後）所留下的狀態或結果。
例句	◎置(お)く（他五；Ⅰ） ・机(つくえ)の上(うえ)に　コップが　置(お)いて　あります。 （桌子上擺著杯子。） ◎開(あ)ける（他一；Ⅱ） ・今(いま)　ドアが　開(あ)けて　あります。 （現在門是開著的。） ◎　書(か)く（他五；Ⅰ） ・黒板(こくばん)に　字(じ)が　書(か)いて　あります。 （黑板上寫著字。）

8-4	～が【②自動詞】て　いる
說明	**～が【②自動詞】て　いる** …這個句型表示的是可以是人為性（ex：某人打開門）或非人為性動作後（ex：風吹過後）所留下的狀態或結果。
例句	◎開(あ)く（自五；Ⅰ） ・今(いま)　窓(まど)が　開(あ)いて　います。 （現在窗戶是開著的。） ◎消(き)える（自一；Ⅱ） ・ガスの火(ひ)が　消(き)えて　います。 （瓦斯的火熄了。） ◎かかる（自五；Ⅰ） ・壁(かべ)に　絵(え)が　かかって　います。 （牆壁上掛著畫。）

主題 9 表存在＞＞＞用法

9-1	【場所】に…が　ある/いる
說明	※※　ある（自五；I）：有、在…用於無生命體 いる（自一；II）：有、在…用於有生命體
例句	◎電話(でんわ) ・A：受付(うけつけ)に　何(なに)が　ありますか。（在櫃檯有什麼東西？） B：受付(うけつけ)に　電話(でんわ)が　あります。（在櫃檯有電話。） ◎猫(ねこ) ・A：庭(にわ)に　何(なに)が　いますか。（在庭院裡有什麼。） ・B：庭(にわ)に　猫(ねこ)が　います。（在庭院裡有貓。） ◎ 誰(だれ) ・A：部屋(へや)に　誰(だれ)が　いますか。（在房間裡有誰？） ・B：部屋(へや)に　誰(だれ)も　いません。（在房間裡誰都沒有。）

9-2	…は【場所】に　ある/いる
說明	※※　ある（自五；I）：有、在…用於無生命體 いる（自一；II）：有、在…用於有生命體
例句	◎ 学生 ・A：学生(がくせい)は　どこに　いますか。（學生在哪裡？） ・B：学生(がくせい)は　事務所(じむしょ)に　います。（學生在辦公室。） ◎ はさみ ・A：すみません、はさみは　どこに　ありますか。（剪刀在哪裡？） ・B：はさみは　引(ひ)き出(だ)しに　あります。（剪刀在抽屜裡。）

文法基礎－用法用例簡易整理表

主題	用法用例	
1　名詞、形容詞、動詞的常/敬體	常體	敬體
【名詞】		
現在形…疑問	先生？	先生ですか。
…肯定	先生だ。	先生です。
…否定	先生では　ない。 （じゃ）	先生では　ありません。 （じゃ）
過去形…肯定	先生だった。	先生でした。
…否定	先生では　なかった。 （じゃ）	先生では　ありませんでした。 （じゃ）
【い形容詞】		
現在形…疑問	高い？	高い　ですか。
…肯定	高い。	高い　です。
…否定	高くない。	高くない　です。
過去形…肯定	高かった。	高かった　です。
…否定	高くなかった。	高くなかった　です。
【な形容詞】		
現在形…疑問	元気？	元気ですか。
…肯定	元気だ。	元気です。
…否定	元気では　ない。 （じゃ）	元気では　ありません。 （じゃ）
過去形…肯定	元気だった。	元気でした。
…否定	元気では　なかった。 （じゃ）	元気では　ありませんでした。 （じゃ）
【動詞】		
現在形（辞書形）…疑問	書く？	書きますか。
…肯定	書く。	書きます。
…否定	書かない。	書きません。
過去形…肯定	書いた。	書きました。
…否定	書かなかった。	書きませんでした。

主題	用法用例
2　名詞、形容詞、動詞>>連接名詞 **名詞＋の＋名詞** **【い形容詞】～い＋名詞** **【な形容詞】～な＋名詞** **【動詞常体形】＋名詞**	・子供の本（小孩的書） ・楽しい旅行（愉快的旅行） ・静かな店（安靜的店） ・行く人（要去的人）、行かない人（不去的人）、行った人…
3 包含疑問詞的句子 **～は＋疑問詞** **疑問詞＋が～**	・山田さんは　どなたですか。 ・どなたが　山田さんですか。
4　い形容詞、な形容詞>>連接動詞 **i【い形容詞】～く＋動詞** **ii【な形容詞】～に＋動詞**	・小さく　切って　ください。（請切成小的。） ・静かに　して　ください。（請安靜。）
5　含有量詞的句子 **名詞＋助詞＋【量詞】＋動詞**	・たまごを　十　買いました。（買了十顆雞蛋。）
6　“が”與“の”的互換	・母が　つくった料理⇒母の　つくった料理 （媽媽做的料理）
7名詞、　形容詞、　形容詞、動詞> >>句子的連接 **i【名詞】で、…** **ii【な形容詞】で、…** **iii【い形容詞】くて、…** **iv【動詞】て、…** **V【動詞】ないで、…**	・病気で、休みました。（因爲生病請假了。） ・きれいで、やさしいです。（又漂亮又體貼。） ・おいしくて、安いです。（好吃又便宜。） ・今朝　起きて、朝ごはんを　食べて、家を　出ました。 （今天早上起床後吃了早餐然後就出門了。） ・今朝　起きて、何も　食べないで、家を　出ました。 （今天早上起床後什麼都沒吃就出門了。）

主題	用法用例
8　他動詞、自動詞 **他動詞：人為性動作** **自動詞：①主體本身會發生的動作** **②表狀態、結果**	
i　**～を【他動詞】て　いる** **…現在進行式。**	・今　字を　書いて　います。(現在正在寫字。)
ii　**～が【①自動詞】て　いる** **…現在進行式。**	・子供が　泣いて　います。(小孩在哭。)
iii　**～が【他動詞】て　ある** **…表示的是人為性動作後所留下的狀態或結果。**	・紙　に　字が　書いて　あります。(紙上寫著字。)
iv　**～が【②自動詞】て　いる** **…表示是人為性或非人為動作後所留下的狀態或結果。**	・紙に　字が　書いて　います。(紙上寫著字。) ・強い風が　吹きました。今　ドアが　開いて　います。(刮過強風。現在門是開著的。)
9 表存在	
i **【場所】に…が　ある/いる**	・公園に　木と　花が　あります。 (公園裡有樹和花。)
ii **…は【場所】に　ある/いる**	・猫は　テーブルの下に　います。 (貓在桌子下面。)

四級檢定動詞的常體>>>自我測試

※在日文中常體的使用無論是句型運用、日常會話或文章等都是頻繁且重要的。而「常體運用」也是學習者較弱的部分，為加強與熟悉動詞的學習，請先完成下列的動詞表，再參考 p 110 的解答。

	辭書形；現在形		過去形	
	肯定	否定	肯定	否定
1	会(あ)う （自五；Ⅰ）見面			
2	開(あ)ける （他一；Ⅱ）打開			
3	遊(あそ)ぶ （自五；Ⅰ）玩			
4	浴(あ)びる （他一；Ⅱ）淋浴			
5	洗(あら)う （他五；Ⅰ）洗			
6	歩(ある)く （自五；Ⅰ）走路			
7	言(い)う （他五；Ⅰ）說			
8	行(い)く （自五；Ⅰ）去			

	辭書形；現在形		過去形	
	肯定	否定	肯定	否定
9	要(い)る （自五；Ⅰ）需要			
10	入(い)れる （他一；Ⅱ）放入			
11	歌(うた)う （他五；Ⅰ）唱			
12	生(う)まれる （自一；Ⅱ）出生			
13	売(う)る （他五；Ⅰ）賣			
14	起(お)きる （自一；Ⅱ）起床			
15	置(お)く （他五；Ⅰ）放置			
16	教(おし)える （他一；Ⅱ）教			

	辞書形；現在形		過去形	
	肯定	否定	肯定	否定
17	押(お)す （他五；Ⅰ）按			
18	覚(おぼ)える （他一；Ⅱ）記憶			
19	泳(およ)ぐ （自五；Ⅰ）游泳			
20	降(お)りる （他一；Ⅱ）下（樓梯）			
21	終(お)わる （自五；Ⅰ）結束			
22	買(か)う （他五；Ⅰ）買			
23	返(かえ)す （他五；Ⅰ）歸還			
24	帰(かえ)る （自五；Ⅰ）回家			
25	かかる （自五；Ⅰ）需要			
26	書(か)く （他五；Ⅰ）寫			

	辞書形；現在形		過去形	
	肯定	否定	肯定	否定
27	かける （他一；Ⅱ）打（電話）			
28	貸（か）す （他五；Ⅰ）借給			
29	借（か）りる （他一；Ⅱ）借入			
30	ほしがる （他五；Ⅰ）想要			
31	切（き）る （他五；Ⅰ）切；剪			
32	曇（くも）る （自五；Ⅰ）天陰			
33	来（く）る （自カ；Ⅲ）來			
34	吸（す）う （他五；Ⅰ）吸（菸）			
35	答（こた）える （自一；Ⅱ）回答			
36	困（こま）る （自五；Ⅰ）煩惱			

	辞書形；現在形		過去形	
	肯定	否定	肯定	否定
37	咲く（さく） （自五；Ⅰ）開（花）			
38	さす （他五；Ⅰ）撐（傘）			
39	死ぬ（しぬ） （自五；Ⅰ）死			
40	知る（しる） （他五；Ⅰ）認識			
41	住む（すむ） （自五；Ⅰ）居住			
42	座る（すわる） （自五；Ⅰ）坐			
43	出す（だす） （他五；Ⅰ）交出			
44	立つ（たつ） （自五；Ⅰ）站立			
45	頼む（たのむ） （他五；Ⅰ）拜託			
46	食べる（たべる） （他一；Ⅱ）吃			

	辭書形；現在形		過去形	
	肯定	否定	肯定	否定
47	違(ちが)う （自五；Ⅰ）不對			
48	使(つか)う （他五；Ⅰ）使用			
49	疲(つか)れる （自一；Ⅱ）疲憊			
50	着(つ)く （自五；Ⅰ）到達			
51	作(つく)る （他五；Ⅰ）製作			
52	勤(つと)める （他一；Ⅱ）工作			
53	出(で)かける （自一；Ⅱ）出門			
54	できる （自一；Ⅱ）會；能			
55	出(で)る （自一；Ⅱ）出來			
56	取(と)る （他五；Ⅰ）取			

	辞書形；現在形		過去形	
	肯定	否定	肯定	否定
57	撮（と）る （他五；Ⅰ）照相			
58	飛（と）ぶ （自五；Ⅰ）飛			
59	鳴（な）く （自五；Ⅰ）鳴叫			
60	無（な）くす （他五；Ⅰ）弄丟			
61	習（なら）う （他五；Ⅰ）學習			
62	なる （自五；Ⅰ）成爲			
63	寝（ね）る （自一；Ⅱ）睡覺			
64	飲（の）む （他五；Ⅰ）喝			
65	乗（の）る （自五；Ⅰ）乘坐			
66	乗（の）り換（か）える （自一；Ⅱ）轉搭			

	辞書形；現在形		過去形	
	肯定	否定	肯定	否定
67	登る（のぼる） （自五；Ⅰ）登（山）			
68	走る（はしる） （自五；Ⅰ）跑			
69	働く（はたらく） （自五；Ⅰ）工作			
70	話す（はなす） （他五；Ⅰ）談話			
71	貼る（はる） （他五；Ⅰ）貼			
72	晴れる（はれる） （自一；Ⅱ）放晴			
73	引く（ひく） （他五；Ⅰ）拉			
74	弾く（ひく） （他五；Ⅰ）彈奏			
75	吹く（ふく） （自五；Ⅰ）吹			
76	降る（ふる） （自五；Ⅰ）下（雨）			

	辞書形；現在形		過去形	
	肯定	否定	肯定	否定
77	曲(ま)がる （自五；Ⅰ）轉彎			
78	待(ま)つ （他五；Ⅰ）等待			
79	磨(みが)く （他五；Ⅰ）刷（牙）			
80	見(み)せる （他五；Ⅰ）讓~看			
81	見(み)る （他一；Ⅱ）看			
82	持(も)つ （他五；Ⅰ）拿			
83	休(やす)む （他五；Ⅰ）請假			
84	やる （他五；Ⅰ）做			
85	呼(よ)ぶ （他五；Ⅰ）呼叫			
86	読(よ)む （他五；Ⅰ）閱讀			

	辞書形；現在形		過去形	
	肯定	否定	肯定	否定
87	わかる （自五；Ⅰ）知道			
88	忘（わす）れる （他一；Ⅱ）忘記			
89	渡（わた）す （他五；Ⅰ）移交			
90	渡（わた）る （自五；Ⅰ）越過			
91	開（あ）ける （他一；Ⅱ）打開			
92	開（あ）く （自五；Ⅰ）開著			
93	閉（し）める （他一；Ⅱ）關			
94	閉（し）まる （自五；Ⅰ）關著			
95	つける （他一；Ⅱ） 開（燈）			
96	つく （自五；Ⅰ）（燈）亮著			

	辭書形；現在形		過去形	
	肯定	否定	肯定	否定
97	消（け）す （他五；Ⅰ）關（燈）			
98	消（き）える （自一；Ⅱ）（燈）熄著			
99	かける（他一；Ⅱ） 打（電話）；懸掛			
100	かかる（自五；Ⅰ） （電話）打來了；掛著			
101	止（と）める（他一；Ⅱ） 停（車）；關（機器）			
102	止（と）まる（自五；Ⅰ） （車、機器）停著			
103	並（なら）べる （他一；Ⅱ）排列			
104	並（なら）ぶ （自五；Ⅰ）排列著			
105	始（はじ）める （他一；Ⅱ）開始			
106	始（はじ）まる （自五；Ⅰ）開始			

	辞書形；現在形		過去形	
	肯定	否定	肯定	否定
107	入(い)れる （他一；Ⅱ）放入			
108	入(はい)る（自五；Ⅰ） 進入；裝著			
109	結婚(けっこん)する （自サ変；Ⅲ）結婚			
110	散歩(さんぽ)する （自サ変；Ⅲ）散步			
111	旅行(りょこう)する （自サ変；Ⅲ）旅行			
112	練習(れんしゅう)する （他サ変；Ⅲ）練習			
113	洗濯(せんたく)する （他サ変；Ⅲ）洗衣服			
114	掃除(そうじ)する （他サ変；Ⅲ）打掃			
115	勉強(べんきょう)する （他サ変；Ⅲ）讀書			
116	あげる （他一；Ⅱ）給			

	辭書形；現在形		過去形	
	肯定	否定	肯定	否定
117	くれる （他一；II）給			
118	もらう （他五；I）得到			
119	ある （自五；I）有；在			
120	いる （自五；I）有；在			

＊學習者心得筆記欄＊

4 級檢定－文法・表現

－表現篇－

學習建議： 本表現篇主要為四級檢定的句型解釋，共分 27 項表現。項目將相關用法歸納整理，且附例句以讓學習者實際了解、活用。**充電站**為重點說明。最後還附有**「用法用例簡易整理表」**藉以幫助學習者做整體概念的複習。但是**此整理表僅為簡易表示**，所以建議學習者必須依「了解用法⇨參考例句⇨各項用法記憶一個例句」的順序，做扎實且系統的學習，以奠定良好的日語句型表現的基礎。

表現1

～を　ください

意義：“請給我～”。

例句

(1)　すみません、コーヒーを　2(ふた)つ　ください。

（抱歉，請給我兩杯咖啡。）

(2)　すみません、メニューを　ください

（抱歉，請給我菜單。）

(3)　このワインを　二本(にほん)　ください。

（請給我這種酒兩瓶。）

表現2

動詞て　ください

意義：“請～”。用於請他人做某事時的請求語氣。

例句

(1) 山下(やました)さん、お茶(ちゃ)を　飲(の)んで　ください。

（山下小姐請喝茶。）

(2) すみません、ちょっと　手伝(てつだ)って　ください。

（抱歉，請幫忙一下。）

(3) ここに　座(すわ)って　ください。

（請坐在這裡。）

(4) わからないときは、私(わたし)に　聞(き)いて　ください。

（不懂的時候，請問我。）

表現3

動詞ないで　ください

意義：“請不要～”。用於請他人不要做某事時的請求語氣。

例句

(1)　ここに　ごみを　捨(す)てないで　ください。

（請別將垃圾丟這裡。）

(2)　試験(しけん)ですから、話(はな)さないで　ください。

（因爲在考試，請別交談。）

(3)　もう　遅(おそ)いですから、電話(でんわ)しないで　ください。

（已經很晚了，請別打電話。）

表現4

動詞て　くださいませんか

意義：“請～”。用於請他人做某事時更客氣的請求語氣。

例句

(1)　この漢字(かんじ)の読(よ)み方(かた)を　教(おし)えて　くださいませんか。

（請教我這個漢字的唸法好嗎？）

(2)　村中先生(むらなかせんせい)、その辞書(じしょ)は　貸(か)して　くださいませんか。

（村中老師，請借一下那本字典。）

(3)　あのう、新(あたら)しい部屋(へや)を　探(さが)して　いますが、いい部屋(へや)を　紹介(しょうかい)して　くださいませんか。

（嗯，我在找新的房子，可以請你介紹不錯的房子嗎？）

表現5

動詞ましょう

意義：“做～吧”。①用於要他人一起做某事時的建議語氣。
②用於附和他人意見。（表現6（2））

例句

(1)　あした　一緒(いっしょ)に　昼(ひる)ごはんを　食(た)べましょう。

（明天一起吃個午飯吧。）

(2)　どこかで　ゆっくり　話(はな)しましょうか。

（找個地方慢慢談吧。）

(3)　では、そろそろ　始(はじ)めましょう。

（那麼，我們開始吧。）

表現6

動詞ませんか

意義：“不～嗎？”。用於詢問他人要不要（一起）做某事時的語氣。

例句

(1)　山下(やました)：田中(たなか)さん、この日曜日(にちようび)　映画(えいが)を　見(み)に　行(い)きませんか。

（田中小姐，這個禮拜不一起去看電影嗎？）

田中(たなか)：ええ、いいですね。　（嗯，好啊。）

(2)　山崎(やまさき)：一緒(いっしょ)に　コーヒーを　飲(の)みませんか。

（不一起喝杯咖啡嗎？）

木村(きむら)：ええ、飲(の)みましょう。　（好，一起喝吧。）

(3)　もう　時間(じかん)ですから。さあ、行(い)きましょう。

（時間到了，那麼我們走吧。）

表現7

～が、～

意義：“雖然～，但是…”。

例句

(1)　このレストランは　おいしいですが、高(たか)いです。

（雖然這家餐廳好吃但很貴。）

(2)　頭(あたま)が　痛(いた)いですが、学校(がっこう)を　休(やす)みません。

（雖然頭痛，但是沒向學校請假。）

(3)　私(わたし)は　お金(かね)が　ありますが、何(なに)も　買(か)いたくないです。

（我有錢，但是什麼都不想買。）

表現8

～から

意義：「～から」接在句尾，表原因。

例句

(1)　あさって　試験(しけん)が　ありますから、パーティーへ　行(い)きません。

（因爲後天有考試，所以不去派對。）

(2)　彼女(かのじょ)は　勉強(べんきょう)が　大好(だいす)きですから、よく　図書館(としょかん)へ　行(い)きます。

（她因爲很喜歡讀書，所以常去圖書館。）

(3)　バスは　ありませんから、タクシーで　行(い)きましょう。

（因爲沒有公車，所以搭計程車去吧。）

表現 9

名詞が　ほしい

意義：“想要～”。使用於<u>第一人稱</u>表達對某事物的慾望時。使用於疑問句時，是詢問<u>第二人稱</u>對某事物的慾望（如用例（3））。

例句

(1)　毎日（まいにち）　忙（いそが）しいから、休（やす）みが　ほしいですよ。

（每天因爲都很忙，所以希望休假。）

(2)　今年（ことし）の誕生日（たんじょうび）のプレゼントは　新（あたら）しいかばんが　ほしいです。

（今年的生日禮物，我想要個新的皮包。）

(3)　田中（たなか）：斉藤（さいとう）さん、斉藤（さいとう）さんは　プレゼントは　何（なに）が　ほしいですか。

（齊藤小姐，齊藤小姐禮物想要什麼呢？）

斉藤（さいとう）：そうですね。別（べつ）に　何（なに）も　ほしくないです。

（嗯，沒有特別想要什麼。）

表現 10

動詞たい

意義：“想要做～”。使用於<u>第一人稱</u>表達想做～時。用於疑問句時，是使用於詢問<u>第二人稱</u>想做的事。（如用例（3））。

例句

(1)　今日（きょう）　早（はや）く　家（いえ）に/へ　帰（かえ）りたいです。（今天想早一點回家。）

(2)　私（わたし）は　看護婦（かんごふ）に　なりたいです。（我想當護士。）

(3)　田村（たむら）：吉本（よしもと）さん、何（なに）を　飲（の）みたいですか？

（吉本小姐，想要喝什麼呢？）

吉本（よしもと）：私（わたし）は　ジュースを　飲（の）みたいです。（我想喝果汁。）

表現 11

～がる

意義：“想要做～”。使用於泛指一般的人（如：小孩、人、男性、女性…）表達想做～時。

※這個動詞的形成

如：將「い形容詞」的“～い”改成“～がる”。ex：ほしい⇨ほしがる（他五；Ｉ）

將「動詞＋たい」的“たい”改成“～たがる”。 ex：食べたい⇨食べたがる（他五；Ｉ）

例句

（1）　ほしい⇨ほしがる（他五；Ｉ）

子供(こども)は　玩具(おもちゃ)を　ほしがります。

（小孩都想要玩具。）

（2）　なります⇨なりたがる（自五；Ｉ）

女(おんな)は　誰(だれ)でも　きれいに　なりたがります。

（女生誰都希望變漂亮。）

表現 12

～がって　いる

意義：“想要做～”。使用於第三人稱表達想做～時。

※ 這個動詞的形成請參考表現 11。

例句

（1）　あの子供(こども)は　玩具(おもちゃ)を　ほしがって　います。

（那個小孩想要玩具。）

（2）　森(もり)さんは　来年(らいねん)　結婚(けっこん)したがって　います。

（森先生想明年結婚。）

表現 13

～とき

意義：“～的時候、…”。

◎名詞の＋とき

(1)　子供(こども)のとき、よく　遊(あそ)びました。

（小孩子的時候，很貪玩。）

(2)　病気(びょうき)のとき、ゆっくり　休(やす)んで　ください。

（生病時，請好好休息。）

◎（い形容詞）～い＋とき

(1)　忙(いそが)しいとき、手伝(てつだ)って　ください。

（忙的時候，請幫忙。）

(2)　天気(てんき)が　いいとき、よく　外(そと)で　運動(うんどう)します。

（天氣好的時候，常在外面運動。）

◎（な形容詞）～な＋とき

(1)　暇(ひま)なとき、いつも　小説(しょうせつ)を　読(よ)んで　います。

（有空的時候，經常會看小說。）

(2)　静(しず)かなとき、よく　眠(ねむ)れます。

（安靜的時候可以睡的好。）

◎動詞常体＋とき

(1)　家(いえ)へ　帰(かえ)るとき、駅(えき)で　鈴木先生(すずきせんせい)に　会(あ)いました。

（回家時，在車站遇到鈴木老師。）

(2)　家(いえ)へ帰(かえ)ったとき、「ただいま」と　言(い)います。

（回到家時，要說「我回來了」。）

(3)　毎朝(まいあさ)　会社(かいしゃ)へ行(い)くとき、喫茶店(きっさてん)で　朝(あさ)ごはんを　食(た)べます。

（每天早上去公司時，都在咖啡廳吃早餐。）

表現 14

動詞ます形＋ながら、…

意義：“一邊…一邊…”。用於同一時間點上同時進行兩個動作時。

例句

(1) 朝(あさ)ごはんを　食(た)べながら、新聞(しんぶん)を　読(よ)みます。

（一邊吃早餐，一邊看報紙。）

(2) 友達(ともだち)と　話(はな)しながら、コーヒーを　飲(の)みます。

（和朋友一邊談話，一邊喝咖啡。）

(3) 勉強(べんきょう)しながら、テレビを　見(み)ないで　ください。

（請別一邊讀書，一邊看電視。）

表現 15

動詞て形＋から、…

意義：“做完…之後做…”。用於表動作的先後。

例句

(1) 昼(ひる)ごはんを　食(た)べてから、お茶(ちゃ)を　飲(の)みます。

（吃了午餐後要喝茶。）

(2) 日本語(にほんご)のＣＤを　聞(き)いてから、会話(かいわ)を　練習(れんしゅう)しました。

（聽了日文的 CD 後，就練習了會話。）

(3) ケーキを　食(た)べてから、コーヒーや　お茶(ちゃ)を　飲(の)んで　ください。

（請吃了蛋糕後喝茶。）

表現 16

～まえに

意義：“…之前”。用於表動作的先後。

◎名詞の＋まえに

例句

(1)　食事の前に、手を　洗って　ください。

(用餐前請先洗手。)

(2)　勉強の前に、コーヒーや　お茶などを　準備します。

(讀書前會先準備咖啡或茶等。)

(3)　料理の前に、スーパーで　いろいろ　買いました。

(做料理前在超市買了很多東西。)

◎時間＋まえに

(1) 池田さんは　二年前に　大学を　出ました。

(池田先生兩年前大學畢業。)

(2)　午後　三時前に、事務所に　来て　ください。

(下午三點前請到辦公室來。)

(3)　一週間前に、田中先生に　電話を　かけました。

(一個星期前給田中老師打過電話。)

◎動詞常体＋まえに

(1)　日本へ　行く前に、二年間ぐらい　日本語を　勉強しました。

(去日本前，約學了兩年日文。)

(2)　宿題を　する前に、本を　復習しました。

(做功課前，先複習了書本。)

(3)　友達の家へ　行く前に、ピアノを　練習しました。

(去朋友家之前，先練習了鋼琴。)

表現 17

～あとで

意義：“…之後做…”。用於表動作的先後。

◎名詞の＋後(あと)で

例句

(1)　仕事(しごと)の後(あと)で、皆(みな)で　喫茶店(きっさてん)へ　行(い)きませんか？

（工作後跟大家去咖啡廳。）

(2)　パーティーの後(あと)で、ロビーを　掃除(そうじ)して　ください。

（宴會後請打掃大廳。）

(3)　試験(しけん)の後(あと)で、ゆっくり　休(やす)みたいです。

（考試後想好好休息。）

◎時間＋後(ご)に

＊此項非四級檢定範圍，於此僅提供學習者與左頁的「時間＋まえに」做對照參考。

(1)　一年後(ご)に、引(ひ)っ越(こ)しをします。

（一年後要搬家。）

(2)　３分後(さんぷんご)に、会議室(かいぎしつ)に　来(き)て　ください。

（三分鐘後請到會議室。）

(3)　一時間後(いちじかんご)に、テストを　始(はじ)めます。

（一個小時後開始考試。）

◎動詞た形＋後(あと)で

(1)　ご飯(はん)を　食(た)べた後(あと)で、果物(くだもの)を　食(た)べます。

（吃完飯後吃水果。）

(2)　運動(うんどう)した後(あと)で、シャワーを　浴(あ)びます。

（運動之後要沖個澡。）

(3)　小説(しょうせつ)を　読(よ)んだあとで、寝(ね)ました。

（看完小說後才睡覺。）

表現18

～でしょう

意義：“大概～吧”。用於表示推測的語氣，常與副詞“たぶん”（大概）一起使用。

※　「名詞＋でしょう」的接法如下：

	現在形	過去形
肯定	いい天気でしょう。	いい天気だったでしょう。
否定	いい天気では　ないでしょう。	いい天気では　なかったでしょう。

例句

(1) 明日(あした)は　雨(あめ)でしょう。

（明天大概會下雨吧。）

(2) この時計(とけい)は　たぶん　田中(たなか)さんのではないでしょう。

（這只手錶大概不是田中先生的吧。）

(3) 大山(おおやま)さんが　好(す)きな色(いろ)は　たぶん　緑色(みどりいろ)でしょう。

（大山小姐喜歡的顏色大概是綠色的吧。）

※　「い形容詞＋でしょう」的接法如下：

	現在形	過去形
肯定	楽(たの)しいでしょう。	楽(たの)しかったでしょう。
否定	楽(たの)しく　ないでしょう。	楽(たの)しく　なかったでしょう。

例句

(1) 彼(かれ)は　最近(さいきん)　たぶん　忙(いそが)しいでしょう。

（他最近大概很忙吧。）

(2) このかばんは　きれいですね。高(たか)いでしょう。

（這個皮包好漂亮哦。大概很貴吧。）

※「な形容詞＋でしょう」的接法如下：

	現在形	過去形
肯定	元気でしょう。	元気だったでしょう。
否定	元気では　ないでしょう。	元気では　なかったでしょう。

例句

(1) 来月(らいげつ)　たぶん　暇(ひま)でしょう。

（下個月大概比較清閒吧。）

(2) この仕事(しごと)は　楽(らく)では　ないでしょう。

（這份工作大概不輕鬆吧。）

※　「動詞常体＋でしょう」的接法如下：

	現在形	過去形
肯定	行くでしょう。	行ったでしょう。
否定	行かないでしょう。	行かなかったでしょう。

例句

(1) 大杉(おおすぎ)：池田先生(いけだせんせい)は　あしたのパーティーに　来(き)ますか。

（池田老師明天的宴會要來嗎？）

山本(やまもと)：池田先生(いけだせんせい)は　あした　たぶん　来(こ)ないでしょう。

（池田老師明天大概不會來吧。）

(2) 来年(らいねん)　鈴木(すずき)さんは　会社(かいしゃ)を　辞(や)めるでしょう。

（明年鈴木小姐可能會辭職吧。）

(3) あの二人(ふたり)は　たぶん　同(おな)じ学校(がっこう)に　入(はい)るでしょう。

（那兩個人大概會上同一個學校吧。）

表現 19

～なる

意義：變成～；當～。表變化的結果；表示由Ａ變成Ｂ　。

※　名詞的接法：名詞＋に＋なる

（在名詞後加“に”後再接“なる”。）

例句

(1)　将来（しょうらい）　歯医者（はいしゃ）に　なりたいです。

（將來想當牙醫師。）

(2)　彼（かれ）は　卒業後（そつぎょうご）　数学（すうがく）の 教師（きょうし）に　なります。

（他畢業後要數學老師。）

※　い形容詞的接法：～い⇒～く＋なる

（　形容詞的“い”改成“く”後接“なる”。）

(1)　電気（でんき）を　つけましたから、部屋（へや）は　明（あか）るく　なりましたよ。

（因爲開了燈，所以房間變亮了。）

(2)　この道（みち）は　広（ひろ）く　なって、よかったですね。

（這條路變寬了，真是太好了。）

※な形容詞的接法：な形容詞＋に＋なる

（在「な形容詞」後加“に”後再接“なる”。）

(1)　私（わたし）は　日本語（にほんご）が　上手（じょうず）に　なりたいです。

（我希望口文能變好，）

(2)　木村（きむら）さんの 娘（むすめ）さんは　きれいに　なりましたね。

（木村先生的女兒變漂亮了。）

(3)　彼（かれ）は　まじめに　なりましたよ。

（他變認真了。）

表現20

～する

意義：變成～；當～。表變化的結果；表示把 A 改造成 B。

※ 名詞的接法：名詞＋に＋する（在「名詞」後加“に”後再接“する”。）

例句

(1)　一番（いちばん）　右側（みぎがわ）の部屋（へや）は　会議室（かいぎしつ）に　したいです。

（想將最右側的房間改成會議室。）

(2)　イチゴを　ジャムに　しました。

（將草莓做成果醬。）

※ い形容詞的接法：～い⇒～く＋する

（「い形容詞」的“い”改成“く”後接“する”。）

(1)　この部屋（へや）を　明（あか）るく　して　ください。

（請將這個房間弄亮一點。）

(2)　あの料理（りょうり）は　辛（から）く　します。

（那道菜要做辣的。）

(3)　この道（みち）は　去年（きょねん）　広（ひろ）く　しました。

（這條路去年拓寬了。）

※な形容詞的接法：な形容詞＋に＋する

在「な形容詞」後加“に”後再接“する”。

(1)　事務所（じむじょ）を　きれいに　して　ください。

（請將辦公室弄乾淨。）

(2)　静（しず）かに　して　ください。

（請保持安靜。）

表現21

名詞で

意義：“名詞で”表原因。此用法是因先有前面的事情開端，才引起後面的事態產生。這個用法通常是在表達「原因通常並非是說話者本身的意識」也即是原因並非說話者的意識所決定的。所以，後面所接的事態並不包含意識的表現。

例句

(1)　あした　台風で、一日　休みです。

（明天因爲颱風，所以休假一天。）

(2)　田中さんは　風邪で、元気が　ありません。

（田中小姐因爲感冒了，所以沒精神。）

（い形容詞）くて

意義：“（い形容詞）くて”表原因。此用法與前項「名詞で」相同。
※將“　形容詞”的“い”改成“くて”。

例句

(1)　竹下：どうして　日本のドラマを　見ませんか。

（爲什麼不看日本的連續劇呢？）

陳：ドラマの言葉が　難しくて、よく　わかりません。

（因爲連續劇的字彙太難了，都不懂。）

(2)　この道は　車が多くて、運転しにくいです。

（這條路的車子太多了，所以很難開車。）

(3)　今朝から　胃が　痛くて、仕事は　できません。

（從今早開始就胃痛，無法工作。）

（な形容詞）で

意義：“な形容詞で”表原因。此用法與前項「名詞で」相同。

例句

(1)　この仕事（しごと）は　複雑（ふくざつ）で、たぶん　二（に）、三日（さんにち）　かかるでしょう。

（這份工作很複雜，所以大概花上兩、三天。）

(2)　この機械（きかい）の操作（そうさ）は　簡単（かんたん）で、子供（こども）でも　操作（そうさ）ができます。

（這機器的操作很簡單，連小孩都可以操作。）

(3)　昨日（きのう）　事故（じこ）が　大変（たいへん）で、道（みち）が　込（こ）んで　いました。

（昨天交通事故蠻嚴重的，所以路上都塞車了。）

動詞て

意義：“動詞て”表原因。此用法與前項「名詞で」相同。

例句

(1)　今朝（けさ）　ニュースを　見（み）て、本当（ほんとう）に　びっくり　しましたよ。

（看了早上的新聞報導，真的嚇了一跳。）

(2)　きのう　娘（むすめ）の手紙（てがみ）を　読（よ）んで、安心（あんしん）しました。

（昨天讀了女兒的信之後，安心多了。）

(3)　昨日（きのう）の晩（ばん）　地震（じしん）が　あって、全然（ぜんぜん）　眠（ねむ）れませんでした。

（昨晚因爲有地震，所以都睡不著。）

(4)　道（みち）で　迷子（まいご）になって、困（こま）りました。

（在路上迷路了，真傷腦筋。）

表現 22

もう～

意義：已經～。

例句

(1)　晩御飯は　もう　食べました。

（晩餐已經吃過了。）

(2)　もう　お金が　ありません。

（已經沒錢了。）

(3)　もう　間に合いません。

（已經來不及了。）

(4)　もう　田村さんに　何回も　電話して　いますが、ずっと　留守です。

（已經給田村小姐打了好幾次電話了，但是不在家。）

表現 23

まだ～

意義：「まだ」後接肯定語氣是表“還～；尚～”。
「まだ」後接否定語氣是表“還未～；尚未～”。

例句

(1)　まだ　時間が　ありますから、ゆっくり　食べて　ください。

（因為還有時間，所以請慢慢吃。）

(2)　休みは　まだ　十日間　ありますよ。

（休假日還有十天哦。）

(3)　薬は　まだ　飲んで　いません。

（藥還沒吃。）

表現24

動詞たり、～動詞たり　する

意義：“做～啦、做～啦”。用於敘述列舉做的事情，並不強調動作的前後順序。而“動詞て、～動詞て”的敘述，則是有動作先後順序。

例句

(1)　昨日(きのう)　家(いえ)で　部屋(へや)を　掃除(そうじ)したり、洗濯(せんたく)したり　しました。

（昨天在家裡掃掃房間啦、洗洗衣服啦。）

(2)　暇(ひま)なとき　絵(え)を　描(か)いたり、音楽(おんがく)を　聞(き)いたり　します。

（空閒的時候，我都是話畫圖啦、聽聽音樂啦。）

(3)　この日曜日(にちようび)　映画(えいが)を　見(み)たり、買(か)い物(もの)したり　したいですね。

（這個禮拜天真想看看電影、買買東西。）

表現25

～という名詞

意義：　“稱做～的（名詞）；叫做～的（名詞）”。是名稱的導入用法。

例句

(1)　今日(きょう)　木村(きむら)という人(ひと)が　来(き)ました。

（今天有個叫做木村的人來過。）

(2)　これは　菊(きく)という花(はな)です。

（這是稱做“菊”的花。）

(3)　これは　ほうれん草(そう)という野菜(やさい)です。

（這是叫做“ほうれん草”（菠菜）的青菜。）

表現 26

主語は～が…

意義 1：表強調語氣。

例句

(1)　私(わたし) は　ピザが　食(た)べたいです。

（我好想吃披薩。）

※ 一般的句子：私(わたし) は　ピザを　食(た)べたいです。

(2)　A：これは　カメラですか。

（這個是照相機嗎？）

B：いいえ、違(ちが)います。これが　カメラです。

（不，不對。這個才是照相機。）

意義 2：表對象。（用於表示希望、喜歡或厭惡、能力好或壞、有無、知道、可能或不可能等的對象。）

例句

(1)　田中(たなか)：宇野(うの)さんは　海(うみ)が　好(す)きですか、山(やま)が　好(す)きですか。

（宇野小姐喜歡海還是山？）

宇野(うの)：私(わたし) は　山(やま)が　好(す)きです。

（我喜歡山。）

(2)　山下(やました)：中村(なかむら)さんは　バイオリンが　できますか。

（中村小姐會拉小提琴嗎？）

木村(きむら)：はい、中村(なかむら)さんは　バイオリンが　できます。

（會的，中村小姐會拉小提琴。）

意義 3：說明述語部分之主詞的助詞。

例句

・象（ぞう）は　鼻（はな）が　長（なが）いです。

（大象的鼻子長。）

・冬（ふゆ）は　日（ひ）が　短（みじか）いです。

（冬天白天短。）

※　上列的「象は」「冬は」的 “は” ⇒提示全句的主題（主詞）。

「鼻が　長い」「日が　短い」的部分稱做「述語部」（用以說明主詞的身分、狀況、性質…等）。「鼻」「日」爲述語部的主詞，「長い」「短い」分別用以說明主詞「鼻」「日」的性質、狀態。

※　結論：「は」－提示全句的主題（主詞）。

　　「が」－提示述語部的主詞。

＊學習者心得筆記欄＊

表現27

（場所）へ～に　行く/来る/帰る

意義：表到某地做某事。

充電站
此句型中的「に」前面必須使用「動詞的ます形」。
如：買(か)います⇒買(か)いに　行(い)く（去買）

例句

(1)　（目的地）デパートへ　行(い)きます。（去百貨公司）
　　（目的）プレゼントを　買(か)います。（買禮物）
　⇒デパートへ　プレゼントを　買(か)いに　行(い)きます。
　　（去百貨公司買禮物。）

(2)　（目的地）喫茶店(きっさてん)へ　行(い)きたいです。（想去咖啡廳）
　　（目的）ケーキを　食(た)べます。（吃蛋糕）
　⇒喫茶店(きっさてん)へ　ケーキを　食(た)べに　行(い)きたいです。
　　（想去咖啡廳吃蛋糕。）

★充電站
上列說明「に」前面必須使用「動詞的ます形」，但是如果遇到像「買(か)い物(もの)、練習(れんしゅう)、勉強(べんきょう)」等（請參考本系列『四級檢定文字・語彙』p64~65），本身即有動詞意義的名詞時，就可以直接使用在「に」的前面。

(1)　来週(らいしゅう)　名古屋(なごや)の工場(こうじょう)へ　実習(じっしゅう)に　行(い)きます。
　　（下星期要去名古屋實習。）

(2)　ヨーロッパへ　音楽(おんがく)の勉強(べんきょう)に　行(い)きたいです。
　　（想去歐洲研讀音樂。）

表現篇－用法用例簡易整理表

表現	用法用例
1 ～を　ください “請給我～”。	これを　ください。(請給我這個)
2 動詞て　ください “請～”。	ゆっくり　食べて　ください。 (請慢慢吃。)
3 動詞ないで　ください “請別～”。	玄関で　遊ばないで　ください。 (請別在玄關玩耍。)
4 動詞て　くださいませんか “可否請您～”。	ちょっと　教えて　くださいませんか。 (可否請您教我一下。)
5 動詞ましょう “做～吧”。	A：あした　図書館へ　行きましょうか。 (明天去圖書館吧。) B：ええ、行きましょう。(好啊，去吧。)
6 動詞ませんか “不～嗎”。	今晩　いっしょに　食事を　しませんか。 (今晚不一起吃個飯嗎？)
7 ～が、～ “～但是…”。	日本語は　難しいですが、おもしろいです。 (日文很難，但是很有趣。)
8 ～から “因為～”。	歯が　痛いですから、何も　食べたくないです。 (因爲牙痛，所以什麼都不想吃。)
9 名詞が　ほしい “想要～”。	新しい車が　ほしいです。 (想要一部新車。)
10 動詞たい “想～”。	ケーキを　食べたいです。 (想吃蛋糕。)
11 ～がる “想～”。	子供は　玩具を　ほしがります。 (小孩子都想要玩具。)
12 ～がって　いる “想～”。	あの子供は　玩具を　ほしがって　います。 (那個小孩想要玩具。)
13 ～とき “～的時候”。	勉強のとき、テレビを　見ません。(讀書時不看電視。) 暇なとき、雑誌を　読んで　います。 (有空的時候，都看些雜誌。) 食事するとき、話しません。(用餐時不說話。)

表現	用法用例
14　動詞ます形＋ながら、… “一邊做～，一邊做…”。	コーヒーを　飲みながら、新聞を　読みます。 （一邊喝咖啡一邊看報紙。）
15　動詞て形＋から、… “做完～之後，做…”。	お風呂に　入ってから、寝ます。 （洗了澡之後睡覺。）
16　～まえに “～之前”。	食事のまえに、手を　洗います。（用餐前先洗手。） 食事するまえに、手を　洗います。（用餐前先洗手。）
17　～あとで “～之後”。	食事のあとで、テレビを　見ます。（用餐後看電視。） 食事した後で、音楽を　聞きます。（用餐後聽音樂。）
18　～でしょう “大概～吧”。	あした　雨でしょう。（明天大概會下雨吧。） 田中さんは　来ないでしょう。（田中先生大概不來吧。）
19　～なる “變成～”。	先生に　なりました。（當了老師。） 暑く　なりました。（變熱了。）
20　～する “改造成～”。	道を　広く　しました。（把道路拓寬了。） 部屋を　きれいに　します。（把房間弄乾淨。）
21　名詞で “因為～”。	台風で、一日　休みです。 （因爲颱風所以放假一天。）
22　もう～ “已經～”。	佐藤さんは　もう　帰りました。 （佐藤小姐已經回家了。）
23　まだ～ “還～”。 “還未～”。	果物は　まだ　あります。（水果還有。） まだ　帰りません。（還不回去。）
24　動詞たり、～動詞たり　する “做～啦、做～啦”。	きのう　家で　雑誌を　読んだり、テレビを　見たり　しました。（昨天在家看看雜誌、看看電視。）
25　～という名詞 “稱做～的（名詞）”。	これは　桜という　花です。 （這是叫做櫻花的花。）
26　主語は～が… “～”。	私は　イチゴが　食べたいです。（我想吃草莓。） 私は　犬が　好きです。（我喜歡狗。） 象は　体が　大きいです。（大象的身體很大。）
27　（場所）へ～に　行く/来る/帰る “去/來/回（場所）做～”。	毎日　この喫茶店へ　コーヒーを　飲みに　来ます。 （我每天來這家咖啡廳喝咖啡。）

4 級檢定－文法・表現

－挑戰篇－

第一回

もんだいＩ ＿＿の ところに 何(なに)を 入(い)れますか。1・2・3・4から いちばん いい ものを 一(ひと)つ えらびなさい。

（れい） これ＿＿＿ ペンです。

1 へ　　2 を　　3 に　　4 は

こたえ 4

(1) わたしは よく ほんや＿＿＿ いきます。

1 を　　2 が　　3 へ　　4 で

(2) つくえのうえ＿＿＿ 荷物(にもつ)が あります。

1 に　　2 で　　3 へ　　4 から

(3) しつれいです＿＿＿、おなまえは 何(なん)ですか。

1 か　　2 から　　3 が　　4 よ

(4) 父(ちち)と こうえん＿＿＿ さんぽしました。

1 を　　2 に　　3 には　　4 から

(5) にちようび 友だちと こうえん＿＿＿ テニスを します。

1 で　　2 に　　3 を　　4 まで

(6) きのう りょうしん＿＿＿ きました。

1 に　　2 が　　3 や　　4 か

(7)　きむらさんは　らいげつ　ヨーロッパ＿＿＿　いきます。

1　へ　　2　から　　3　ながら　　4　で

(8)　リンさんは　かいしゃいんです。わたし＿＿＿　かいしゃいんです。

1　は　　2　も　　3　で　　4　が

(9)　あした　ごご　にじ＿＿＿　きて　ください。

1　に　　2　くらい　　3　まで　　4　だけ

(10)　あ、窓(まど)＿＿＿　あいて　います。

1を　　2に　　3が　　4へ

(11)　かぜ＿＿＿　あたまが　いたいです。

1　も　　2　で　　3　は　　4　が

(12)　兄(あに)は　いしゃ＿＿＿　なりました。

1　に　　2　で　　3　が　　4　など

(13)　きのう　そとで　いちじかん＿＿＿　まちましたよ。

1　に　　2　を　　3　も　　4　が

(14)　けさから　あたま＿＿＿　いたいです。

1　を　　2　や　　3　に　　4が

(15)　れいぞうこに　何(なに)＿＿＿　ありません。

1　か　　2も　　3　が　　4　は

もんだいⅡ　＿＿に　何(なに)を　入(い)れますか。1・2・3・4から　いちばん　いい　ものを　一(ひと)つ　えらびなさい。

(16)　きのうは　すずしかったですが、きょうは　＿＿＿。

1　すずしかったです　　2　すずしくないでした

3　すずしいです　　4　すずしくないです

(17)　おかねが　＿＿＿、たいへんです。

1　ないで　　2　なくて

3　あって　　4　あらないで

(18)　しゅくだいを＿＿＿、ラジオを　聞(き)きます。

1　したくない　　2　したが

3　しながら　　4　しない

(19)　きのうの晩(ばん)、おふろに＿＿＿、ねました。

1　あびないで　　2　あびながら

3　はいらないで　　4　はいたくて

(20)　風(かぜ)で　ドアが＿＿＿　います　。

1　あけて　　2　あいて

3　あきて　　4　きえて

(21)　いえに＿＿＿とき、「ただいま」と　言（い）います。

1　かえる　　2　かえらない

3　かえった　　4　かえらなかった

(22)　田中（たなか）さんは　きのう　＿＿＿でしょう。

1　くる　　2　こなかった

3　こない　　4　きない

(23)　でんきを　つけましたから、＿＿＿　なりました。

1　くらく　　2　あかい

3　あかるく　　4　あかく

(24)　おととい　かぜを＿＿＿、学校（がっこう）を　やすみました。

1　ひいて　　2　ひいた

3　かけて　　4　ひかないで

(25)　わたしは　あまり　おかしが　＿＿＿。

1　ほしいです　　2　ほしいですか

3　ほしない　　4　ほしくない

(26)　鈴木（すずき）さん、パーティーに　＿＿＿。

1　あります　　2　ありません

3　いきませんか　　4　つきません

(27)　そとは　雨（あめ）ですから、かさを＿＿＿。

1　つけて　ください　　　　2　つけます

3　さして　いません　　　　4　さして　ください

(28)　この店（みせ）は　ラーメンは　＿＿＿、やすいです。

1　まずくて　　　　2　おいしくて

3　おいしかった　　　　4　おいしくないです

(29)　ごはんを＿＿＿あとで、木村（きむら）さんの家（いえ）へ　いきたいです。

1　たべる　　　　2　たべて

3　たべたい　　　　4　たべた

(30)　だいじょうぶです。まだ　じかんが＿＿＿。

1　あります　　　　2　ありません

3　ありました　　　　4　ください

もんだいⅢ ＿＿に 何(なに)を 入(い)れますか。1・2・3・4から いちばん いい ものを 一(ひと)つ えらびなさい。

(31) たんじょうびは ＿＿＿ですか。

1 いち　　2 いつ

3 なんじ　　4 なん

(32) この時計のしゅうりは、＿＿＿ かかりますか。

1 いつ　　2 なんじ

3 どのくらい　　4 なにも

(33) すみません、映画館のいりぐちは＿＿＿ですか。

1 いくら　　2 どちら

3 なんにん　　4 とこ

(34) せんせい、コーヒーは＿＿＿ですか。

1 どうも　　2 なに

3 どんな　　4 いかが

(35) さいふの中には ごひゃくえんしか ＿＿＿。

1 ありまえん　　2 ありません

3 あります　　4 ありました

(36)　きのうの晩（ばん）　12 じ＿＿＿ねました。

1　ごろ　　2　ぐらい

3　から　　4　だけ

＊學習者心得筆記＊

もんだいⅣ　どの　こたえが　いちばん　いいですか。1・2・3・4から　いちばん　いいものを　一つ（ひとつ）　えらびなさい。

(37)　A「あ、でんきが　きえて　いますね。」

B「じゃ、＿＿＿＿＿＿＿＿。」

1　だれが　いるでしょう　　2　だれも　いるでしょう

3　だれも　いないでしょう　　4　だれか　いないでしょう

(38)　A「＿＿＿＿＿＿＿＿。」

B「ワインうりばは　どこですか。」

1　どうも　ありがとう　　2　いらしゃいません

3　いかがですか　　4　いらしゃいませ

(39)　A「コーヒー　もう　いっぱい　どうですか。」

B「＿＿＿＿＿＿＿＿。」

1　けっこうです　　2　いりません

3　よかったです　　4　やさしいですね

(40)　A「じしょを　かして　ください。」

B「すみません、＿＿＿＿＿＿＿＿。」

1　つかいませんから　　2　つかって　ください

3　つかって　いますから　　4　つかわないで　ください

第二回

もんだいⅠ ＿＿の ところに 何(なに)を 入(い)れますか。1・2・3・4から いちばん いい ものを 一(ひと)つ えらびなさい。

（れい） これ＿＿＿ ペンです。

1 へ　　2 を　　3 に　　4 は

こたえ 4

(1) まいあさ たまご＿＿＿ たべます。

1 だけ　　2 が　　3 しか　　4 か

(2) きのう いちにち中(じゅう) いえ＿＿＿ いました 。

1 で　　2 を　　3 に　　4 へ

(3) あたまが いたいです＿＿＿、学校を やすみません。

1 が　　2 から　　3 か　　4 も

(4) まいにち このみち＿＿＿ 一時間 はしって います。

1 が　　2 に　　3 を　　4 へ

(5) にちよう日 なんじ＿＿＿ おきますか。

1 で　　2 ぐらい　　3 も　　4 に

(6)　このはしは　き______　つくりました。

1　より　　2　が　　3　で　　4　を

(7)　らいねん　にほんへ　旅行(りょこう)______　いきます。

1　へ　　2　に　　3　だけ　　4　で

(8)　この魚は　にひき______　せんごじゅうえんです。

1　を　　2　も　　3　だけ　　4　で

(9)　つくえの上に　ほんや　えんぴつ______が　あります。

1　に　　2　も　　3など　　4　だけ

(10)　たばこの火____　つけて　ください。

1　を　　2　に　　3　が　　4　へ

(11)　山田(やまだ)さんは　びょうき______、しけんを　受(う)けません。

1　で　　2　から　　3　ぐらい　　4　に

(12)　きょねん　佐藤(さとう)さん______　ハワイへ　いきました。

1　に　　2　へ　　3　も　　4　で

(13)　山田(やまだ)さんは　どこに　いる______　わかりません。

1　か　　2　が　　3　も　　4　で

(14)　きょうしつには　わたし＿＿＿　いません。

1　も　　　2しか　　　3　だけ　　　4　が

(15)　ひきだしに　はさみ＿＿＿　ホッチキスが　あります。

1　の　　　2　も　　　3　など　　　4　や

＊學習者心得筆記＊

もんだいⅡ　＿＿に　何(なに)を　入(い)れますか。1・2・3・4から　いちばん いいものを　一(ひと)つ　えらびなさい。

(16)　こどものとき、おもちゃが　＿＿＿。

1　ほしいです　　　2　ほしくないです

3　ほしかったです　　　4　ほしいでした

(17)　けさ　そうじしましたから、＿＿＿　なりました。

1　きれく　　　2　きれいに

3　きれいで　　　4　きれくて

(18)　田村(たむら)さんは　まだ　＿＿＿＿＿＿。

1　かえります　　　2　かえりません

3　かえたいです　　　4　かえりました

(19)　まいばん　はを＿＿＿　ねます。

1　みがかない　　　2　みがくあと

3　みがいてから　　　4　みがきたくて

(20)　10分まえに　いもうとは　まどを　しめましたから、いま　まどが＿＿＿。

1　しまって　あります　　2　しめて　います

3　しめて　あります　　4　しまって　いました

(21)　せんしゅうのどようび　家で　そうじ＿＿＿、せんたく＿＿＿　しました。

1　したら/したら　　2　して/して

3　して/してから　　4　したり/したり

(22)　きれいなたてものですね。＿＿＿。

1　たかいでしょう　　2　たかくでしょう。

3　たかくない　　4　やすいでしょう

(23)　＿＿＿　なりましたね。クーラーを　つけましょう。

1　くらく　　2　あかるく

3　さむく　　4　あつく

(24)　あそこに　あかいセーターを＿＿＿人（ひと）は　だれですか。

1　きでいる　　2　きて　いる

3　きった　　4　きらない

(25)　きのうのパーティーは　あまり　＿＿＿＿＿。

1　おいしくないです　　2　おかしかったです

3　おもしろくなかったです　　4　たのしかったです

(26)　ひまなとき、　あそびに＿＿＿＿＿＿＿。

1　こないで　　2　きて　ください

3　きって　ください　　4　きません

(27)　そとは　あついですから、ぼうしが　＿＿＿＿＿＿。

1　かぶって　います　　2　かかります

3　いります　　4　かぶります

(28)　ごご　テニスを＿＿＿＿、きっさてんへ　コーヒーを　飲みに

いきました。

1　して　いながら　　2　しながら

3　したあとで　　4　したから

(29)　あたまが＿＿＿＿、たいへんです。

1　いたくなくて　　2　いたかったで

3　あつくて　　4　いたくて

(30)　あぶないですから。ここで　たばこを＿＿＿＿。

1　すって　います
2　すって　ください
3　すわないて　ください
4　すわないで　ください

もんだいⅢ　＿＿に　何（なに）を　入（い）れますか。1・2・3・4から　いちばん　いい　ものを　一（ひと）つ　えらびなさい。

(31)　ごごのかいぎは　＿＿＿ですか。

1　なんじに　　2　いつ

3　なんじから　　4　いくら

(32)　いえから　えきまで　＿＿＿　かかりますか。

1　いくつ　　2　なんにん

3　どのくらい　　4　なにが

(33)　箱（はこ）の中（なか）には　たまごが　＿＿＿　ありますか。

1　いくら　　2　いくつ

3　どちら　　4　とこ

(34)　まいにち　7じかん＿＿＿　ねます。

1　ぐらい　　2　ごろ

3　から　　4　まで

(35)　わたしは　おかねを　＿＿＿＿。

1　もって　あります　　2　もって　いません

3　ありません　　4　あります

(36)　えいがは　まだ　＿＿＿＿＿。

1　はじめます　　2　はじまります

3　はじめません　　4　はじまりません

＊學習者心得筆記＊

もんだいⅣ　どの　こたえが　いちばん　いいですか。１・２・３・４から　いちばん　いいものを　一つ（ひとつ）　えらびなさい。

(37)　A「はじめまして。ヨウです。よろしく　おねがいします」

B「＿＿＿＿＿＿＿＿。」

1　しつれいです　　2　どうも

3　こちらこそ　　4　これからも

(38)　A「では、＿＿＿＿＿＿＿＿＿＿＿。」

B「そうですか。じゃあ、また　あそびに　来て（きて）　ください」

1　どうも　ありがとう　　2　そろそろ　しつれいですね

3　そろそろ　しつれいしました　　4　そろそろ　しつれいします

(39)　A「＿＿＿＿が　池田（いけだ）さんのですか。」

B「あのあおいのです。」

1　どれ　　2　どの

3　どちらのかさ　　4　どこのかさ

(40)　A「山田先生は　どのひとですか。」

B「あのあおい＿＿＿＿＿＿、しろいシャツを　きている人です。」

1　ネクタイを　しまって　　　2　めがねを　つけて

3　ぼうしを　かけて　　　4　ネクタイを　して

第三回

もんだいⅠ　____の　ところに　何(なに)を　入(い)れますか。1・2・3・4から　いちばん　いい　ものを　一(ひと)つ　えらびなさい。

（れい）　これ____　ペンです。

1　へ　　2　を　　3　に　　4　は

こたえ　4

(1)　ロビーで　だれ____　ピアノを　弾(ひ)いて　いますか。

1　は　　2　が　　3　を　　4　で

(2)　姉(あね)は　一(いっ)か月(げつ)____　にかい　スーパーへ　行(い)きます。

1　に　　2　で　　3　へ　　4　から

(3)　かばんの中(なか)に　ペンや　かぎ____が　はいって　います。

1　か　　2　から　　3　など　　4　よ

(4)　きょうしつ____　にほんごを　はなしましょう。

1　に　　2を　　3　で　　4　から

(5)　つよい　かぜで、まど____　しまって　います　。

1　で　　2　を　　3　が　　4　まで

(6)　田中（たなか）さんに　あげましたが、木村（きむら）さんに______　あげませんでした。

1　に　　2　も　　3　や　　4　は

(7)　おとうとは　ぎんこういん______　なりました。

1　へ　　2　に　　3　は　　4　で

(8)　けさ　なに______　たべましたか。

1　を　　2　も　　3　に　　4　が

(9)　このみかんは　ぜんぶ______　いくらですか。

1　は　　2　くらい　　3　で　　4　だけ

(10)　わたしは　加藤（かとう）さんと　ときどき　このきっさてん______　きます。

1を　　2に　　3が　　4へ

(11)　かぞく______　えいがを　みに　いきました。

1　へ　　2　か　　3　と　　4　しか

(12)　わたしは　だいがくのともだち______　てがみを　かきました。

1　に　　2　で　　3　が　　4　など

(13)　わたしは　山田（やまだ）さん______　プレゼントを　もらいました。

1　を　　2へ　　3　から　　4　が

(14)　ケーキを　たべました。それから　コーヒー______　のみました。

1　を　　　2　や　　　3　に　　　4で

(15)　４０分(ぷん)______　まちましたが、ともだちは　来(き)ませんでした。

1　か　　　2ごろ　　　3　ぐらい　　　4　を

もんだいⅡ　______のところに　何(なに)を　入(い)れますか。1・2・3・4から いちばん　いいものを　一(ひと)つ　えらびなさい。

(16)　コーヒーは　______　ありません。

1　あまり　すきじゃは　　2　あまり　すきが

3　あまり　すきくて　　4　あまり　すきじゃ

(17)　わたしは　シャワーを　______　ねます。

1　はいってから　　2　あびるあと

3　あびてから　　4　あびたまえ

(18)　佐藤(さとう)さんは　来(き)て　いませんね。たぶん　うちに______でしょう。

1　いる　　2　ねる

3　いらなかった　　4　いました

(19)　このへやは　______、やすいです。

1　きれくて　　2　きれいで

3　きれいて　　4　きれで

(20)　これは　きょねん　京都(きょうと)で　______しゃしんです。

1　とる　　2　とった

3　とた　　　　　　　　　　　4　かう

(21)　タバコの火が　______　います。

1　きいて　　　　　　　　　　2　つけて

3　ついて　　　　　　　　　　4　ついで

(22)　山田(やまだ)せんせいと　______、コーヒーを　のんで　います。

1　いいながら　　　　　　　　2　はなしながら

3　はなさない　　　　　　　　4　はなしても

(23)　いちじかんまえ　天気(てんき)が______が、いま　あめが　ふって　います。

1　いいでした　　　　　　　　2　よくても

3　よかったです　　　　　　　4　いかったです

(24)　______とき、あたたかいコーヒーを　のみたいです。

1　あつい　　　　　　　　　　2　さむい

3　あついの　　　　　　　　　4　さむいの

(25)　田中(たなか)さんは　コーヒーに　さとうを　______　のみます。

1　いれなくて　　　　　　　　2　いれたて

3　いれないで　　　　　　　　4　いれまして

(26)　いっしょに　パーティーへ　＿＿＿。

1　いきましょう　　2　たべましょう

3　あいましょうか　　4　つきたいです

(27)　まいにち　うちへ＿＿＿、晩(ばん)ごはんを　つくります。

1　かえりながら　　2　かえてから

3　かえってから　　4　かえりたくて

(28)　すみません、ちょっと　ここへ　＿＿＿　ください。

1　きって　　2　おいしくて

3　きいて　　4　きて

(29)　きょうは　＿＿＿から、えいがを　みにいきませんか。

1　ひまの　　2　ひまだ

3　ひまな　　4　ひま

(30)　おかねを＿＿＿、こまりました。

1　わすれて　　2　わすれないで

3　わすれた　　4　わすれる

もんだいⅢ　＿＿に　何(なに)を　入(い)れますか。1・2・3・4から　いちばん　いい ものを　一(ひと)つ　えらびなさい。

(31)　きのうは　＿＿＿　あつく　ありませんでした。

1　よく　　　2　たくさん

3　あまり　　4　とても

(32)　＿＿＿が　やまださんですか。

1　どこのかた　　2　どのかた

3　なんのかた　　4　なにかた

(33)　かいぎは　まだ　＿＿＿。

1　はじめて　います　　2　はじまりました

3　はじまりません　　4　おわりました

(34)　まいばん　11 じ＿＿＿　ねます。

1　ごろ　　2　ぐらい

3　など　　4　で

(35)　鈴木(すずき)さんは　＿＿＿おんがくが　すきですか。

1　どれ

2　どちら

3　どこ

4　どんな

(36)　まいばん　やさいしか　＿＿＿。

1　たべません

2　たべませんでした

3　たべます

4　たべました

＊學習者心得筆記＊

もんだいⅣ　どの　こたえが　いちばん　いいですか。1・2・3・4から　いちばん　いいものを　一つ（ひとつ）　えらびなさい。

(37)　A「かぜを　ひいて、おとといから　のどが　いたいです。」

B「それは＿＿＿＿＿＿。」

1　いたいでしょう　　2　やすみたいです

3　たいへんですね　　4　わるいですね

(38)　A「吉田（よしだ）さんは　おそいですね。」

B「そうですね。でも　もうすぐ　＿＿＿＿＿＿。」

1　こないでしょう　　2　くるでしょう

3　きたでしょう　　4　つきますね

(39)　A「ちょっと　写真（しゃしん）を　みせて　くださいませんか。」

B「＿＿＿＿＿＿。」

1　はい、おねがいします　　2　はい、いいですよ

3　いいえ、どうぞ　　4　そうですね

(40)　A「こんばん　いしょに　晩(ばん)ご飯(はん)を　たべませんか。」

B「すみません、こんばんは　＿＿＿＿＿＿＿。」

1　いいですよ　　2　ちょっと　いいです

3　いそがしくない　　4　じかんが　ありません

＊學習者心得筆記欄＊

4 級檢定－文法・表現

－解答篇－

四級檢定動詞的常體>>>自我測試－解答

※在日文中常體的使用無論是句型運用、日常會話或文章等都是頻繁且重要的。而「常體運用」也是學習者較弱的部分，為加強與熟悉動詞的學習，在完成下列的動詞表的對答後，記得確實學習哦。

	辭書形；現在形		過去形	
	肯定	否定	肯定	否定
1	会（あ）う （自五；Ⅰ）見面	会（あ）わない	会（あ）った	会（あ）わなかった
2	開（あ）ける （他一；Ⅱ）打開	開（あ）けない	開（あ）けた	開（あ）けなかった
3	遊（あそ）ぶ （自五；Ⅰ）玩	遊（あそ）ばない	遊（あそ）んだ	遊（あそ）ばなかった
4	浴（あ）びる （他一；Ⅱ）淋浴	浴（あ）びない	浴（あ）びた	浴（あ）びなかった
5	洗（あら）う （他五；Ⅰ）洗	洗（あら）わない	洗（あら）った	洗（あら）わなかった
6	歩（ある）く （自五；Ⅰ）走路	歩（ある）かない	歩（ある）いた	歩（ある）かなかった
7	言（い）う （他五；Ⅰ）說	言（い）わない	言（い）った	言（い）わなかった
8	行（い）く （自五；Ⅰ）去	行（い）かない	行（い）った	行（い）かなかった

	辞書形；現在形		過去形	
	肯定	否定	肯定	否定
9	要(い)る （自五；Ⅰ）需要	要(い)らない	要(い)った	要(い)らなかった
10	入(い)れる （他一；Ⅱ）放入	入(い)れない	入(い)れた	入(い)れなかった
11	歌(うた)う （他五；Ⅰ）唱	歌(うた)わない	歌(うた)った	歌(うた)わなかった
12	生(う)まれる （自一；Ⅱ）出生	生(う)まれない	生(う)まれた	生(う)まれなかった
13	売(う)る （他五；Ⅰ）賣	売(う)らない	売(う)った	売(う)らなかった
14	起(お)きる （自一；Ⅱ）起床	起(お)きない	起(お)きた	起(お)きなかった
15	置(お)く （他五；Ⅰ）放置	置(お)かない	置(お)いた	置(お)かなかった
16	教(おし)える （他一；Ⅱ）教	教(おし)えない	教(おし)えた	教(おし)えなかった

	辞書形；現在形		過去形	
	肯定	否定	肯定	否定
17	押(お)す （他五；Ⅰ）按	押(お)さない	押(お)した	押(お)さなかった
18	覚(おぼ)える （他一；Ⅱ）記憶	覚(おぼ)えない	覚(おぼ)えた	覚(おぼ)えなかった
19	泳(およ)ぐ （自五；Ⅰ）游泳	泳(およ)がない	泳(およ)いだ	泳(およ)がなかった
20	降(お)りる （他一；Ⅱ）下（樓梯）	降(お)りない	降(お)りた	降(お)りなかった
21	終(お)わる （自五；Ⅰ）結束	終(お)わらない	終(お)わった	終(お)わらなかった
22	買(か)う （他五；Ⅰ）買	買(か)わない	買(か)った	買(か)わなかった
23	返(かえ)す （他五；Ⅰ）歸還	返(かえ)さない	返(かえ)した	返(かえ)さなかった
24	帰(かえ)る （自五；Ⅰ）回家	帰(かえ)らない	帰(かえ)った	帰(かえ)らなかった
25	かかる （自五；Ⅰ）需要	かからない	かかった	かからなかった
26	書(か)く （他五；Ⅰ）寫	書(か)かない	書(か)いた	書(か)かなかった

	辞書形；現在形		過去形	
	肯定	否定	肯定	否定
27	かける （他一；Ⅱ）打（電話）	かけない	かけた	かけなかった
28	貸(か)す （他五；Ⅰ）借給	貸(か)さない	貸(か)した	貸(か)さなかった
29	借(か)りる （他一；Ⅱ）借入	借(か)りない	借(か)りた	借(か)りなかった
30	ほしがる （他五；Ⅰ）想要	ほしがらない	ほしがった	ほしがらなかった
31	切(き)る （他五；Ⅰ）切；剪	切(き)らない	切(き)った	切(き)らなかった
32	曇(くも)る （自五；Ⅰ）天陰	曇(くも)らない	曇(くも)った	曇(くも)らなかった
33	来(く)る　＊＊＊ （自カ；Ⅲ）來	来(こ)ない　＊＊	来(き)た　＊＊	来(こ)なかった　＊＊
34	吸(す)う （他五；Ⅰ）吸（菸）	吸(す)わない	吸(す)った	吸(す)わなかった
35	答(こた)える （自一；Ⅱ）回答	答(こた)えない	答(こた)えた	答(こた)えなかった
36	困(こま)る （自五；Ⅰ）煩惱	困(こま)らない	困(こま)った	困(こま)らなかった

	辞書形；現在形		過去形	
	肯定	否定	肯定	否定
37	咲(さ)く （自五；Ⅰ）開（花）	咲(さ)かない	咲(さ)いた	咲(さ)かなかった
38	さす （他五；Ⅰ）撐（傘）	ささない	さした	ささなかった
39	死(し)ぬ （自五；Ⅰ）死	死(し)なない	死(し)んだ	死(し)ななかった
40	知(し)る （他五；Ⅰ）認識	知(し)らない	知(し)った	知(し)らなかった
41	住(す)む （自五；Ⅰ）居住	住(す)まない	住(す)んだ	住(す)まなかった
42	座(すわ)る （自五；Ⅰ）坐	座(すわ)らない	座(すわ)った	座(すわ)らなかった
43	出(だ)す （他五；Ⅰ）交出	出(だ)さない	出(だ)した	出(だ)さなかった
44	立(た)つ （自五；Ⅰ）站立	立(た)たない	立(た)った	立(た)たなかった
45	頼(たの)む （他五；Ⅰ）拜託	頼(たの)まない	頼(たの)んだ	頼(たの)まなかった
46	食(た)べる （他一；Ⅱ）吃	食(た)べない	食(た)べた	食(た)べなかった

	辞書形；現在形		過去形	
	肯定	否定	肯定	否定
47	違(ちが)う （自五；Ⅰ）不對	違(ちが)わない	違(ちが)った	違(ちが)わなかった
48	使(つか)う （他五；Ⅰ）使用	使(つか)わない	使(つか)った	使(つか)わなかった
49	疲(つか)れる （自一；Ⅱ）疲憊	疲(つか)れない	疲(つか)れた	疲(つか)れなかった
50	着(つ)く （自五；Ⅰ）到達	着(つ)かない	着(つ)いた	着(つ)かなかった
51	作(つく)る （他五；Ⅰ）製作	作(つく)らない	作(つく)った	作(つく)らなかった
52	勤(つと)める （他一；Ⅱ）工作	勤(つと)めない	勤(つと)めた	勤(つと)めなかった
53	出(で)かける （自一；Ⅱ）出門	出(で)かけない	出(で)かけた	出(で)かけなかった
54	できる （自一；Ⅱ）會；能	できない	できた	できなかった
55	出(で)る （自一；Ⅱ）出來	でない	でた	でなかった
56	取(と)る （他五；Ⅰ）取	取(と)らない	取(と)った	取(と)らなかった

	辞書形；現在形		過去形	
	肯定	否定	肯定	否定
57	撮(と)る （他五；Ⅰ）照相	撮(と)らない	撮(と)った	撮(と)らなかった
58	飛(と)ぶ （自五；Ⅰ）飛	飛(と)ばない	飛(と)んだ	飛(と)ばなかった
59	鳴(な)く （自五；Ⅰ）鳴叫	鳴(な)かない	鳴(な)いた	鳴(な)かなかった
60	無(な)くす （他五；Ⅰ）丟掉	無(な)くさない	無(な)くした	無(な)くさなかった
61	習(なら)う （他五；Ⅰ）學習	習(なら)わない	習(なら)った	習(なら)わなかった
62	なる （自五；Ⅰ）成爲	ならない	なった	ならなかった
63	寝(ね)る （自一；Ⅱ）睡覺	寝(ね)ない	寝(ね)た	寝(ね)なかった
64	飲(の)む （他五；Ⅰ）喝	飲(の)まない	飲(の)んだ	飲(の)まなかった
65	乗(の)る （自五；Ⅰ）乘坐	乗(の)らない	乗(の)った	乗(の)らなかった
66	乗(の)り換(か)える （自一；Ⅱ）轉搭	乗(の)り換(か)えない	乗(の)り換(か)えた	乗(の)り換(か)えなかった

	辞書形；現在形		過去形	
	肯定	否定	肯定	否定
67	登(のぼ)る （自五；I）登（山）	登(のぼ)らない	登(のぼ)った	登(のぼ)らなかった
68	走(はし)る （自五；I）跑	走(はし)らない	走(はし)った	走(はし)らなかった
69	働(はたら)く （自五；I）工作	働(はたら)かない	働(はたら)いた	働(はたら)かなかった
70	話(はな)す （他五；I）談話	話(はな)さない	話(はな)した	話(はな)さなかった
71	貼(は)る （他五；I）貼	貼(は)らない	貼(は)った	貼(は)らなかった
72	晴(は)れる （自一；II）放晴	晴(は)れない	晴(は)れた	晴(は)れなかった
73	引(ひ)く （他五；I）拉	引(ひ)かない	引(ひ)いた	引(ひ)かなかった
74	弾(ひ)く （他五；I）彈奏	弾(ひ)かない	弾(ひ)いた	弾(ひ)かなかった
75	吹(ふ)く （自五；I）吹	吹(ふ)かない	吹(ふ)いた	吹(ふ)かなかった
76	降(ふ)る （自五；I）下（雨）	降(ふ)らない	降(ふ)った	降(ふ)らなかった

	辞書形；現在形		過去形	
	肯定	否定	肯定	否定
77	曲(ま)がる （自五；Ⅰ）轉彎	曲(ま)がらない	曲(ま)がった	曲(ま)がらなかった
78	待(ま)つ （他五；Ⅰ）等待	待(ま)たない	待(ま)った	待(ま)たなかった
79	磨(みが)く （他五；Ⅰ）刷（牙）	磨(みが)かない	磨(みが)いた	磨(みが)かなかった
80	見(み)せる （他五；Ⅰ）讓~看	見(み)せない	見(み)せた	見(み)せなかった
81	見(み)る （他一；Ⅱ）看	見(み)ない	見(み)た	見(み)なかった
82	持(も)つ （他五；Ⅰ）拿	持(も)たない	持(も)った	持(も)たなかった
83	休(やす)む （他五；Ⅰ）請假	休(やす)まない	休(やす)んだ	休(やす)まなかった
84	やる （他五；Ⅰ）做	やらない	やった	やらなかった
85	呼(よ)ぶ （他五，Ⅰ）呼叫	呼(よ)ばない	呼(よ)んだ	呼(よ)ばなかった
86	読(よ)む （他五；Ⅰ）閱讀	読(よ)まない	読(よ)んだ	読(よ)まなかった

	辞書形；現在形		過去形	
	肯定	否定	肯定	否定
87	わかる （自五；Ⅰ）知道	わからない	わかった	わからなかった
88	忘(わす)れる （他一；Ⅱ）忘記	忘(わす)れない	忘(わす)れた	忘(わす)れなかった
89	渡(わた)す （他五；Ⅰ）移交	渡(わた)さない	渡(わた)した	渡(わた)さなかった
90	渡(わた)る （自五；Ⅰ）越過	渡(わた)らない	渡(わた)った	渡(わた)らなかった
91	開(あ)ける （他一；Ⅱ）打開	開(あ)けない	開(あ)けた	開(あ)けなかった
92	開(あ)く （自五；Ⅰ）開著	開(あ)かない	開(あ)いた	開(あ)かなかった
93	閉(し)める （他一；Ⅱ）關	閉(し)めない	閉(し)めた	閉(し)めなかった
94	閉(し)まる （自五；Ⅰ）關著	閉(し)まらない	閉(し)まった	閉(し)まらなかった
95	つける （他一；Ⅱ） 開（燈）	つけない	つけた	つけなかった
96	つく （自五；Ⅰ）（燈）亮著	つかない	ついた	つかなかった

	辞書形；現在形		過去形	
	肯定	否定	肯定	否定
97	消（け）す （他五；Ⅰ）關（燈）	消（け）さない	消（け）した	消（け）さなかった
98	消（き）える （自一；Ⅱ）（燈）熄著	消（き）えない	消（き）えた	消（き）えなかった
99	かける （他一；Ⅱ）打（電話）	かけない	かけた	かけなかった
100	かかる（自五；Ⅰ） （電話）打來了；掛著	かからない	かかった	かからなかった
101	止（と）める（他一；Ⅱ） 停（車）；關（機器）	止（と）めない	止（と）めた	止（と）めなかった
102	止（と）まる（自五；Ⅰ） （車）停著；（機器）停	止（と）まらない	止（と）まった	止（と）まらなかった
103	並（なら）べる （他一；Ⅱ）排列	並（なら）べない	並（なら）べた	並（なら）べなかった
104	並（なら）ぶ （自五；Ⅰ）排列著	並（なら）ばない	並（なら）んだ	並（なら）ばなかった
105	始（はじ）める （他一；Ⅱ）開始	始（はじ）めない	始（はじ）めた	始（はじ）めなかった
106	始（はじ）まる （自五；Ⅰ）開始	始（はじ）まらない	始（はじ）まった	始（はじ）まらなかった

	辞書形；現在形		過去形	
	肯定	否定	肯定	否定
107	入(い)れる （他一；Ⅱ）放入	入(い)れない	入(い)れた	入(い)れなかった
108	入(はい)る（自五；Ⅰ） 進入；裝著	入(はい)らない	入(はい)った	入(はい)らなかった
109	結婚(けっこん)する （自サ変；Ⅲ）結婚	結婚(けっこん)しない	結婚(けっこん)した	結婚(けっこん)しなかった
110	散歩(さんぽ)する （自サ変；Ⅲ）散步	散歩(さんぽ)しない	散歩(さんぽ)した	散歩(さんぽ)しなかった
111	旅行(りょこう)する （自サ変；Ⅲ）旅行	旅行(りょこう)しない	旅行(りょこう)した	旅行(りょこう)しなかった
112	練習(れんしゅう)する （他サ変；Ⅲ）練習	練習(れんしゅう)しない	練習(れんしゅう)した	練習(れんしゅう)しなかった
113	洗濯(せんたく)する （他サ変；Ⅲ）洗衣服	洗濯(せんたく)しない	洗濯(せんたく)した	洗濯(せんたく)しなかった
114	掃除(そうじ)する （他サ変；Ⅲ）打掃	掃除(そうじ)しない	掃除(そうじ)した	掃除(そうじ)しなかった
115	勉強(べんきょう)する （他サ変；Ⅲ）讀書	勉強(べんきょう)しない	勉強(べんきょう)した	勉強(べんきょう)しなかった
116	あげる （他一；Ⅱ）給	あげない	あげた	あげなかった

	辞書形；現在形		過去形	
	肯定	否定	肯定	否定
117	くれる （他一；Ⅱ）給	くれない	くれた	くれなかった
118	もらう （他五；Ⅰ）得到	もらわない	もらった	もらわなかった
119	ある （自五；Ⅰ）有；在	ない	あった	なかった
120	いる （自五；Ⅰ）有；在	いない	いた	いなかった

挑戰篇－解答

第一回

(1)	(2)	(3)	(4)	(5)	(6)	(7)	(8)	(9)	(10)
3	1	3	1	1	2	1	2	1	3
(11)	(12)	(13)	(14)	(15)	(16)	(17)	(18)	(19)	(20)
2	1	3	4	2	4	2	3	3	2
(21)	(22)	(23)	(24)	(25)	(26)	(27)	(28)	(29)	(30)
3	2	3	1	4	3	4	2	4	1
(31)	(32)	(33)	(34)	(35)	(36)	(37)	(38)	(39)	(40)
2	3	2	4	2	1	3	4	1	3

第二回

(1)	(2)	(3)	(4)	(5)	(6)	(7)	(8)	(9)	(10)
1	3	1	3	4	3	2	4	3	1
(11)	(12)	(13)	(14)	(15)	(16)	(17)	(18)	(19)	(20)
1	3	1	2	4	3	2	2	3	3
(21)	(22)	(23)	(24)	(25)	(26)	(27)	(28)	(29)	(30)
4	1	4	2	3	2	3	3	4	4
(31)	(32)	(33)	(34)	(35)	(36)	(37)	(38)	(39)	(40)
3	3	2	1	2	4	3	4	1	4

第三回

(1)	(2)	(3)	(4)	(5)	(6)	(7)	(8)	(9)	(10)
2	1	3	3	3	4	2	1	3	4
(11)	(12)	(13)	(14)	(15)	(16)	(17)	(18)	(19)	(20)
3	1	3	1	3	4	3	1	2	2
(21)	(22)	(23)	(24)	(25)	(26)	(27)	(28)	(29)	(30)
3	2	3	2	3	1	3	4	2	1
(31)	(32)	(33)	(34)	(35)	(36)	(37)	(38)	(39)	(40)
3	2	3	1	4	1	3	2	2	4

訂正啓事

本系列「四級檢定文字・語彙」
p50 動詞 41（誤）住む（他五；Ｉ）→（正）住む（自五；Ｉ）

参考文獻

1. 国際交流基金、日本国際教育協会，「日本語能力試験出題基準」，1994.11，凡人社。

2. 獨立行政法人國際交流基金會、財團法人日本國際教育協會，「日本語能力測驗考古題・4 級（2001~2002）」，1993.10，致良出版社。

3. 獨立行政法人國際交流基金會、財團法人日本國際教育協會，「日本語能力測驗考古題・4 級（2003）」，1995.5，致良出版社。

4. 趙福泉「日本語文法的問題點解析」1992.1 笛藤出版圖書有限公司

5. 朱萬清「新日本語文法」1992.6 笛藤出版圖書有限公司

6. 田中稔子「日本語の文法－教師の疑問に答えます」1994.3 鴻儒堂出版社

國家圖書館出版品預行編目資料

日本語能力檢定系列. 4 級檢定,文法、表現突破 / 李宜蓉編著. --初版.--臺北市：鴻儒堂，民 94
面；公分

ISBN 957-8357-76-1(平裝)

1. 日本語言 - 文法

803.16 94015840

作者簡歷

李 宜 蓉　1967 年出生　台北市人

日本關西大學商學部　學士

中國文化大學日本語文學研究所　碩士

碩論研究：雙語教育適齡期之研究

曾任

私立青山外語、私立東方日語等短期語言補習班之日語教師

台北縣立明德中學第二外語教師、台北縣立清水中學補校第二外語教師

臺灣銀行總行特聘日語教師

現任

日濟日語工作室、中國文化大學推廣教育部、實踐大學推廣教育部、私立日都日語、私立地球村短期語言補習班等之日語教師

日語教學年資

1992～至今

主要著作

「日本語能力檢定系列－4 級檢定文字、語彙突破」2005.8　鴻儒堂出版社

e-mail：teacheryvonnelee@hotmail.com&bbhh2288@ms3.hinet.net

（若有任何指教歡迎網上聯絡）

宜蓉老師留言：

「為了能使日語教學與教材做的更好，宜蓉老師需要您寶貴的意見與支持。歡迎舊雨新知多多指教。」。

日本語能力檢定系列

4級
文法、表現 突破

定價：250元

2005年(民94)8月初版
本出版社經行政院新聞局核准登記
登記證字號：局版臺業字1292號

著　　者：李宜蓉
發 行 人：黃成業
發 行 所：鴻儒堂出版社
地　　址：台北市中正區100開封街一段19號2樓
電　　話：(02)2311-3810・(02)2311-3823
傳　　真：(02)2361-2334
郵政劃撥：01553001
E－mail：hjt903@ms25.hinet.net

鴻儒堂出版社於<博客來網路書店>設有網頁。
歡迎多加利用。

網址 http://www.books.com.tw/publisher/001/hjt.htm

本書及『4級檢定文字語彙突破』兩書插圖設計均由絕優資訊軟體有限公司授權